COSACNAIFY

MEUS DOCUMENTOS

ALEJANDRO ZAMBRA

TRADUÇÃO Miguel Del Castillo

Para Josefina Gutiérrez

Meus documentos

para Natalia García

1

A primeira vez que vi um computador foi em 1980, aos quatro ou cinco anos de idade, mas esta não é uma recordação pura, provavelmente a confundo com visitas posteriores ao trabalho de meu pai, na Calle Agustinas. Lembro de meu pai com seu eterno cigarro na mão direita, os olhos pretos fixos nos meus enquanto me explicava o funcionamento daquelas máquinas enormes. Ele esperava que minha reação fosse de fascínio, e eu fingia estar interessado, mas assim que podia, escapava para brincar na mesa da Loreto, uma secretária de cabelos e lábios finos que nunca se lembrava do meu nome.

A máquina de escrever elétrica da Loreto me parecia prodigiosa, com sua pequena tela onde as palavras iam se acumulando até que uma poderosa rajada as cravava no papel. Era talvez um mecanismo similar ao de um computador, mas isso não passava pela minha cabeça. De todo modo, gostava mais da outra máquina, uma Olivetti convencional de cor preta, que conhecia bem, porque na minha casa havia uma igual. Minha mãe tinha estudado programação, mas logo se esquecera dos computadores e preferia aquela tecnologia menor, que continuava atual, porque a popularização dos computadores ainda era algo distante.

Minha mãe não escrevia à máquina para algum trabalho remunerado: o que transcrevia eram as músicas, os contos e poemas de autoria da minha avó, que sempre estava se inscrevendo em algum concurso ou começando enfim o projeto que a tiraria do anonimato. Lembro de minha mãe trabalhando na mesa de jantar, inserindo cuidadosamente o papel-carbono, aplicando com esmero o corretor quando errava. Teclava sempre muito rápido, usando todos os dedos, sem olhar para o teclado.

Talvez eu possa colocar desta maneira: meu pai era um computador e minha mãe, uma máquina de escrever.

2

Logo aprendi a digitar meu nome, mas gostava mais de imitar, com o teclado, o repique dos tambores das marchas militares. Pertencer à banda militar era a maior honra a que podíamos aspirar. Todos queriam, e eu também. No meio da manhã, durante as aulas, ouvíamos o retumbar distante das caixas, os apitos, a respiração do trompete e do trombone, as notas milagrosamente nítidas do triângulo e da lira. A banda ensaiava duas ou três vezes por semana: eu ficava impressionado ao vê-los se distanciando em direção a uma espécie de várzea que havia nos fundos do colégio. Quem mais chamava a atenção era o responsável por levar o bastão, que figurava apenas nos eventos importantes, porque era um ex-aluno do colégio. Manejava o bastão com destreza admirável, embora fosse caolho – tinha um olho de vidro, e rezava a lenda que ele o perdera em uma manobra malfeita.

Em dezembro peregrinávamos até o Templo Votivo. Era uma caminhada infinita, de duas horas, saindo do colégio, encabeçada pela banda e depois nós, em ordem decrescente, do quinto colegial (porque era uma escola técnica) até o primeiro ano do primário. As pessoas vinham nos cumprimentar, algumas senhoras nos davam laranjas para evitar o cansaço. Minha mãe aparecia em certos pontos do percurso: estacionava por ali, me procurava no fim da formação, depois voltava ao carro para ouvir música, fumar um cigarro, e dirigia por outro trecho para nos alcançar mais adiante e vir me cumprimentar novamente, com seu cabelo comprido, brilhante e castanho, a mãe mais bonita da turma, sem exagero, o que na verdade me deixava complexado, porque alguns colegas costumavam dizer que ela era linda demais para ser mãe de alguém tão feio como eu.

Quem também vinha me cumprimentar era o Dante, que cantava meu nome aos berros, me envergonhando na frente de meus colegas, que caçoavam dele e de mim. Dante era um menino autista, bem mais velho que eu, tinha talvez quinze ou dezesseis anos. Era muito alto, um metro e noventa, e pesava mais de cem quilos, como ele mesmo costumava dizer, repetindo a cifra exata: “Olá, estou pesando cento e três quilos”.

O Dante perambulava pelo bairro o dia todo, tentando decifrar quem eram os pais de quais crianças, e quem eram os irmãos, os amigos de cada um, o que, num mundo onde prevaleciam o silêncio e a desconfiança, não deve ter sido fácil. Caminhava sempre no rastro de seus interlocutores, que costumavam apressar o passo, mas ele também acelerava, até ficar de frente para eles e começar a andar de costas, movendo a cabeça com severidade quando entendia algo. Morava sozinho, com uma tia, ao que parece tinha sido abandonado pelos pais, mas nunca disse isso, quando as pessoas lhe perguntavam por seus pais ele apenas as olhava como que desconcertado.

3

Além das marchas da escola, durante as tardes, já em casa, eu continuava ouvindo sons marciais, pois morávamos atrás do estádio Santiago Bueras, no qual as crianças de outros colégios iam treinar, e onde, a cada tanto, talvez todos os meses, acontecia uma competição entre bandas militares. Já que escutava marchas militares o dia inteiro, poderia dizer que essa foi a música da minha infância. Mas apenas em parte, porque em minha família a música sempre teve importância.

Minha vó havia sido cantora lírica na adolescência e sua grande frustração foi a impossibilidade de continuar cantando, tendo a vida partida em dois pelo terremoto de 1939; tinha então vinte e um anos. Não sei quantas vezes nos relatou a experiência de ter engolido terra e de despertar, de repente, vendo sua cidade, Chillán Viejo, destruída. O inventário de mortos incluía seu pai, sua mãe, dois de seus três irmãos. E o terceiro foi quem a resgatou do meio dos escombros.

Meus pais nunca nos contaram histórias, mas ela sim. As alegres terminavam mal, porque os protagonistas invariavelmente morriam no terremoto. Mas também nos contava outras histórias, tristíssimas, que terminavam bem e que para ela eram literatura. Às vezes minha avó terminava chorando e minha irmã e eu adormecíamos ou então acordávamos escutando seus soluços, e outras vezes, mesmo que estivesse em um momento especialmente dramático da história, algum detalhe a fazia rir e ela explodia numa gargalhada contagiosa que também nos acordava.

Minha avó sempre dizia frases de duplo sentido ou coisas impertinentes que ela mesma celebrava antes da hora. Agradecia com "de nádegas" em vez de "de nada", e se alguém dizia que estava frio, ela respondia "pelo menos não está calor". Também dizia "se é preciso lutatar, lutataremos", e respondia "de maneira nenhuma, como disse o peixe", ou então "como disse o peixe", ou simplesmente "peixe", para resumir esta frase: "De maneira nenhuma, como disse o peixe quando lhe perguntaram se preferia ser preparado frito ou assado".

4

A missa acontecia no ginásio de um colégio de freiras, o Mater Purissima, mas sempre falavam, como se fala de um sonho, sobre a paróquia que estavam construindo. Demoraram tanto que quando a terminaram eu já não acreditava em Deus.

No começo eu ia com meus pais, mas depois comecei a ir sozinho, porque eles resolveram frequentar a missa de outro colégio de freiras, as ursulinas, que ficava mais perto de casa e durava apenas quarenta minutos, porque o padre – um sujeito minúsculo e careca, que andava sempre numa motoneta – despachava a homilia com um desdém simpático, e inclusive fazia com frequência o gesto de et cetera com a mão. Eu simpatizava com ele, mas preferia o padre do Mater Purissima, um homem com uma barba complexa, indomável, de um branco absoluto, que falava como se estivesse nos repreendendo, nos desafiando, com essa amabilidade enérgica e enganosa tão comum nos padres, e com inúmeras pausas dramáticas. Eu também conhecia, naturalmente, os padres do meu colégio, como o padre Limonta, o diretor, um italiano muito atlético – dizia-se que havia sido ginasta quando jovem – e que nos batia com seu chaveiro para que nos mantivéssemos firmes na formação, mas que no mais era afável e até paternal. Seu sermão, no entanto, me parecia desagradável ou inapropriado, por ser talvez demasiadamente pedagógico, pouco sério.

Eu gostava da linguagem da missa, mas não a entendia muito bem. Quando o padre dizia "eu vos deixo a minha paz, eu vos dou a minha paz", eu escutava "eu não deixo a minha praça, eu não vou à minha praça" e ficava pensando nessa misteriosa imobilidade. E uma vez eu disse a frase "não sou digno de que entres em minha casa" para minha avó, ao abrir a porta para ela, e depois para meu pai, que logo me respondeu, com um sorriso doce e severo: "Obrigado, mas esta casa é minha".

No Mater Purissima havia um coral de seis vozes e dois violões que tinha grande protagonismo, porque inclusive os "graças a Deus" e os "nós vos louvamos, Senhor" e até os "ouvi-nos, Senhor" eram cantados. Minha ambição era me juntar àquele coral. Tinha apenas oito anos, mas tocava razoavelmente bem um pequeno violão que tínhamos em casa: arranhava bem o ritmo, sabia arpejar e, embora ficasse tremendo de nervoso na hora de fazer uma pestana, conseguia um som quase inteiro, apenas um pouco impuro. Suponho que me achava bom, ou suficientemente bom, para que uma manhã, no fim da missa, violão em mãos, me aproximasse dos integrantes do coro. Me olharam com algum desprezo, talvez por ser muito novo ou porque aquilo era uma máfia que já funcionava, mas não me rejeitaram nem me aceitaram. "Precisamos fazer um teste", me disse, com desdém, uma mulher meio loira e com olheiras que tocava um violão extraordinariamente grande. Então vamos fazer logo, agora, propus; tinha ensaiado algumas músicas, entre elas o Pai Nosso, que era parecida com "The Sound of Silence", mas ela não quis. "No próximo mês", disse.

5

Minha mãe iniciara sua educação musical ouvindo com devoção os Beatles e um repertório de música folclórica chilena, e disso havia derivado para os hits de Adamo, Sandro, Raphael e José Luis Rodríguez, que era mais ou menos o que se ouvia no começo dos anos oitenta. Tinha parado de procurar coisas boas – novas para ela –, até que deu com o disco do show que reuniu Paul Simon e Art Garfunkel no Central Park. Então sua vida mudou, e acredito que para sempre: da noite para o dia, com uma rapidez impressionante, a casa se encheu de discos, que eram difíceis de conseguir, e ela retomou seus estudos de inglês, possivelmente apenas para entender as letras.

Lembro dela ouvindo o curso da BBC, que vinha em uns álbuns com dezenas de fitas cassete dentro, ou o outro curso que tínhamos em casa, *The Three Way Method to English*: duas caixas, uma vermelha e outra verde, cada uma com um caderninho, um livro e três discos de 33. Eu sentava a seu lado e ouvia, distraído, aquelas vozes. Ainda me lembro de alguns fragmentos, como quando o homem dizia "these are my eyes" e a mulher respondia "those are your eyes". O melhor era quando a voz masculina perguntava "is this the pencil?" e a mulher respondia "no, this is not the pencil, but the pen", e depois, quando o homem perguntava "is this the pen?", ela respondia "no, this is not the pen, but the pencil".

Tendo a pensar que cada vez que voltava para casa, estava tocando na sala alguma música de Simon & Garfunkel ou da carreira solo de Paul Simon. Quando *Graceland* foi lançado, em 1986, minha mãe já era com toda certeza a mais fervorosa fã chilena de Simon, especialista também nos acontecimentos da vida pessoal do cantor, como seu casamento falido com Carrie Fisher, ou sua atuação em *Annie Hall*. Meu pai estava surpreso por sua esposa ter de repente se tornado fanática por aquela música de que ele, que então escutava exclusivamente *zambas* argentinas, não gostava. "Eu deveria ter um quarto só pra mim", ouvi minha mãe dizer certa noite, soluçando, ao fim de uma discussão iniciada porque ela conseguira uns pôsteres e umas fotos para colar nas paredes do quarto dos dois, causando a óbvia reação irada de meu pai, que de todo modo teve de se resignar àquela exposição de outros homens em frente ao leito nupcial.

6

Nos fins de semana de primavera e inclusive de parte do verão, íamos com meus tios e primos soltar pipa no Cerro 15. Era tudo muito profissional: em vez de amarrar o fio entre duas árvores para passar cerol, como fazia quando pequeno, meu pai adotara outro método: conseguira uma tômbola e um motor para preparar o fio em casa, montando um complicado mecanismo. Fabricava também as próprias pipas. Certamente na época ele lidava com difíceis dilemas informáticos, mas a imagem de meu pai trabalhando me remete a essas noites em que ele se esmerava arduamente em obter a pipa perfeita.

Não que eu não gostasse de empinar pipas, mas preferiria fazê-lo com o fio sem cerol, porque era incapaz de manobrar aquilo sem estropiar a ponta dos dedos, mesmo elas já sendo um pouco endurecidas pelo contato com as cordas do violão. Mas precisava usar o fio com cerol, era disso que se tratava: manter a pipa no céu e enfrentar o oponente. Enquanto meu primo Rodrigo dava guinadas fatais e cortava dezenas de pipas toda tarde, o normal era que eu mantivesse a minha no ar com dificuldade e perdesse o controle a cada tanto. Mas eu me esforçava, muito embora, pouco tempo depois, ninguém nutrisse grandes esperanças em mim.

Sempre levávamos uma caixa com dezenas de pipas extraordinárias, as que meu pai fabricava e as demais compradas de um amigo dele que se dedicava exclusivamente a isso. Eu sempre tentava me posicionar o mais longe possível da minha família. Às vezes, em vez de empinar, eu levava a pipa e o carretel e passava algumas horas deitado na grama, fumando meus primeiros cigarros enquanto via no céu as trajetórias caprichosas das pipas cortadas. "Quanto você quer por essa pipa?", alguém me perguntou numa daquelas tardes. Era Mauricio, o coroinha. Vendi-a para ele e depois vendi também mais algumas para o irmão e para os amigos do irmão dele.

Mauricio era tão sardento que eu ria ao vê-lo, mas tinha demorado a reconhecê-lo sem a túnica branca. Em minha confusão, em minha ignorância, pensava que os coroinhas eram padres muito jovens, que viviam reclusos ou algo assim. Ele me esclareceu que não, e me disse que preferia ser chamado de *acólito*, e não de coroinha. Me convidou para ajudar na missa, porque o outro acólito ia deixar o cargo. Perguntou se eu tinha feito a primeira comunhão, e não sei por que respondi que sim, o que era totalmente falso, estava começando a me preparar para isso no colégio. Não sabia então e continuo sem saber se se tratava de um requisito para ser coroinha, mas instintivamente, diante da dúvida, como em tantas outras vezes na vida, menti. Disse que iria pensar, mas que não tinha certeza. Quando voltei para onde meu pai e meus tios estavam, haviam descoberto todo o meu comércio de pipas, mas ninguém me repreendeu.

7

Continuava esperando que a mulher de olheiras fizesse o teste comigo, mas sempre que eu perguntava, ela desconversava. Lembro de ter dito, para impressioná-la, que o Pai Nosso era melhor na versão em inglês. "É impossível que seja melhor que a palavra de nosso senhor Jesus Cristo", respondeu. Mas devo ter provocado sua curiosidade, porque quando eu estava indo embora, ela perguntou se eu sabia sobre o que a letra em inglês falava. "Sobre os sons do silêncio", respondi, com total segurança.

Cansado de esperar, uma ou duas semanas depois do encontro com Mauricio no Cerro 15, me aproximei do padre e de Mauricio e disse a eles que queria ser acólito. O padre me olhou com desconfiança, inspecionando-me de cima a baixo antes de me aceitar. Eu estava feliz. Não cantaria na missa, mas meu lugar seria de ainda maior destaque. Não teria a calça branca da banda militar, mas sim a túnica branca, o cíngulo amarrado firmemente à cintura. Mauricio me emprestaria a roupa, nem sequer contei em casa que me tornaria coroinha, não sei por que, talvez simplesmente por não querer que fossem lá me ver.

8

Na primeira vez que ajudei na missa permaneci os primeiros minutos olhando de soslaio, com uma enorme sensação de vingança, para o canto onde estava a mulher loira, que não queria notar meu triunfo. Era difícil me concentrar naqueles rituais que eu respeitava e nos quais acreditava, mas que agora, em cima do altar, guardavam apenas uma leve noção, um eco ou um resquício de autenticidade. Houve minutos de glória, como quando tocamos os sinos ou quando auxiliamos o padre na saudação da paz. E em seguida o pior momento, quando o padre deu a comunhão a Mauricio e chegou a minha vez – meu plano era dizer para ele que eu não podia comungar, porque estava há tempo demais sem me confessar, mas esquecera de dizê-lo antes da missa, já era tarde.

Tentei fazer um gesto que significasse tudo isso, um gesto que com sorte fosse imperceptível para os fiéis, mas não consegui, o padre colocou na minha boca a hóstia inteira, que me pareceu o que todo mundo acha: insípida. Mas nesse momento mal pensei no sabor, sentia que morreria ali mesmo, castigado por um raio ou algo assim. Caminhei com Mauricio, pensando em confessar a ele meu pecado, mas ele estava contente, e várias vezes me felicitou pelo meu desempenho na missa.

Chegamos à casa dele, que ficava perto do Mater Purissima. O irmão mais velho de Mauricio me convidou para almoçar, estavam sozinhos. Comemos *charquicán* e ouvimos Pablo Milanés, de quem eu conhecia a música "Años", que me fazia rir, e também "El breve espacio en que no estás", de que eu gostava. Com um aparelho de som que comportava duas fitas cassete, tinham gravado três vezes seguidas cada música, numa fita de noventa ou talvez de cento e vinte minutos ("são tão boas que dá vontade de escutar de novo na hora", Mauricio me explicou).

Os irmãos cantavam com vozes terríveis enquanto comiam, gritando sem nenhuma vergonha, inclusive com a boca cheia, e eu gostei disso. Quando alguém desafinava na presença da minha avó, ela dizia, em tom de segredo, mas suficientemente alto para todos ouvirem, frases como "vejo que não estamos na Ópera", ou "não acordamos muito afinados", ou "acho que essa soprano canta com o bigode". Mas minha avó não estava ali para reprimir aqueles irmãos que cantavam com total liberdade, com desenvoltura, emoção e cumplicidade: notava-se que haviam cantado aquelas canções infinitas vezes, que aquela música significava algo importante para eles.

Enquanto devorávamos a cassata, prestei atenção na letra de "Acto de fe" – "creo en ti / como creo cuando crece / cuanto se siente y padece / al mirar alrededor". Achei o fim da letra desconcertante: era uma canção de amor, mas terminava com a palavra *revolução*. Os irmãos cantaram com a alma: "Creo en ti / revolución".

Embora eu fosse um menino que gostava de palavras, essa foi a primeira vez, aos oito anos, ou talvez já tivesse feito nove, que escutei a palavra *revolução*. Perguntei para o Mauricio se era um nome, pois pensei que podia ser o nome da mulher amada, Revolución González, Revolución Arratia. Eles riram e depois me olharam com benevolência. "Não é um nome", esclareceu o irmão de Mauricio. "Você realmente não sabe o que quer dizer a palavra revolução?". Respondi que não. "Então você é um bobalhão."

Era uma brincadeira, entendi, talvez por causa da rima. Depois o irmão de Mauricio me deu uma aula sobre a história do Chile e da América Latina que eu gostaria de lembrar ao pé da letra, mas retive apenas um sentimento incômodo e chocante de ignorância. Eu não sabia nada do mundo, nada. O irmão saiu, eu e Mauricio fomos ver tevê em seu quarto, ficamos adormecidos ou semiadormecidos. Começamos a nos tatear, a nos tocar inteiros, sem beijos. Durante os anos todos que nossa amizade durou, não voltamos a fazer isso, nem o mencionamos.

9

Cheguei em casa logo que começou a escurecer. Não costumava rezar, mas naquela noite rezei por muito tempo, precisava da ajuda de Deus. Em apenas um dia havia acumulado dois pecados enormes, embora me preocupasse mais a falsa comunhão que o caso com Mauricio.

Minha avó me viu ajoelhado diante de uma imagem de Cristo que havia na sala e não conseguiu conter o riso. Perguntei do que estava rindo e ela falou para eu não exagerar, que um pai-nosso seria o suficiente. Minha avó nunca ia à missa, dizia que os padres eram muito enxeridos, mas acreditava em Deus. "Não é necessário repetir rezas", me explicou aquela noite, "basta conversar com Jesus, livremente, antes de dormir." Mas achei aquilo estranho e intimidador.

Apesar de estudar em um colégio de padres, eu não associava o sentimento religioso ao que acontecia lá. Não gostava quando éramos obrigados a ir à missa no colégio, e tampouco gostava daquelas sessões entediantes, na igreja contígua ao edifício principal, em que nos preparavam para a primeira comunhão com questionários bobos, como se aquilo se tratasse de decorar leis de trânsito. Mas na manhã seguinte, culpado como estava, no meio do recreio, decidi que, embora não tivesse feito a primeira comunhão, deveria me confessar, ou pelo menos falar com um sacerdote sobre aqueles pecados, e parti para o escritório do padre Limonta, que estava absorto no livro de contabilidade, talvez arredondando umas cifras. Ao levantar a vista me olhou militarmente e eu fiquei parado, duro, em silêncio – já sei por que você está aqui, disse, e eu tremi, imaginando que o padre mantinha algum tipo de comunicação expressa com Deus. Fiquei branco, como se estivesse com tontura. "Não é possível", disse enfim Limonta, "todos os meninos vêm pedir a mesma coisa, você ainda é muito novo para entrar na banda." Corri aliviado, de volta para as aulas.

Acho que foi nesse mesmo dia que a coordenadora pedagógica e um padre cujo nome não me lembro nos levaram a um lar que acolhia crianças deficientes mentais. A visita tinha o objetivo de mostrar como éramos sortudos, e havia inclusive um roteiro para aumentar o efeito dramático: as crianças compareciam uma a uma para receber o carinho da professora, que não era físico, porque ela não os abraçava nem encostava neles – "te amamos muito, Jonathan", dizia a moça enquanto um menino com a boca torta, os olhos perdidos e o nariz escorrendo meleca balbuciava algo incompreensível. Cada caso era mais impressionante que o anterior e no fim surgiu Lucy, uma mulher de quarenta anos presa no corpo de uma menina, que reagia apenas girando a cabeça quando o padre sacudia um guizo. Lembro que pensei em Dante, que era normal se comparado a eles, embora no bairro o chamassem de mongol.

Até então minha ideia de sofrimento estava associada a Dante e às crianças do Teleton, que era uma fonte inesgotável de medos e pesadelos. Todos os anos eu e minha irmã assistíamos ao programa inteiro até cairmos no sono, como quase todas as crianças, e depois passávamos semanas imaginando que ficávamos sem os braços ou as pernas.

10

"Isso não foi nada", disse minha avó depois do terremoto de 1985, me abraçando. Nossas aulas começaram alguns meses mais tarde e nos transferiram para uma sala que haviam preparado ou improvisado atrás do ginásio, onde acabamos ficando o ano todo.

O professor também era novo. A primeira coisa que disse foi seu nome, Juan Luis Morales Rojas, e o repetiu em voz baixa, num tom neutro, duas, três, vinte vezes – agora vocês, nos pediu, repitam: Juan Luis Morales Rojas, Juan Luis Morales Rojas, Juan Luis Morales Rojas, e começamos a repetir seu nome, com uma confiança cada vez maior, brincando até o limite, ou tentando entender se havia um limite, e em pouco tempo gritávamos e pulávamos enquanto ele agitava as mãos como o regente de uma orquestra, ou como um cantor que se compraz ao ver o público cantando a letra em coro. "Agora sei que vocês nunca vão esquecer meu nome", foi tudo o que nos disse quando cansamos de gritar e de rir. Não consigo recordar nenhum momento de maior felicidade que esse em todos os anos em que estive naquele colégio.

Semanas depois ou talvez naquele mesmo dia, Juan Luis Morales Rojas nos explicou o que eram as eleições, quais eram as funções do presidente, do vice-presidente, do secretário, do tesoureiro. Numa das primeiras sessões do conselho de classe, pediu que listássemos os problemas que tínhamos, e no começo não conseguíamos pensar em nada, mas alguém mencionou que nós do quarto ano do primário não podíamos participar da banda. Surgiu a ideia de fazer uma lista com os nomes dos que queriam estar na banda, para ir falar com o padre Limonta. Eu ia levantar a mão, mas hesitei por um segundo; então senti claramente que não, não queria mais fazer parte da banda.

11

Nisso minha mãe conheceu uma mulher que garantia ter me visto ajudando na missa. "Impossível", respondi. Mas outra pessoa lhe contou a mesma coisa e ela voltou a me perguntar. Disse que não, mas que eu também havia visto alguém de coroinha surpreendentemente parecido comigo. "Eu tenho um rosto muito comum", disse a ela.

Quando por fim me confessei com o padre Limonta, não pensei em mencionar que já havia comungado, nem sobre minha experiência erótica com Mauricio. Recebi, em meu colégio, a primeira comunhão – que àquela altura já era a trigésima ou a quadragésima –, e por fim pude comungar apropriadamente. Meus pais estavam lá, me deram presentes, e acho que foi então que senti o peso daquela vida dupla. Continuei ajudando, sem que eles soubessem, no Mater Purissima, talvez até o inverno de 1985, quando, depois de uma missa tensa e cansativa, o padre nos criticou duramente: disse que o distraíamos, que éramos barulhentos demais, que não tínhamos ritmo. O efeito de seus comentários em mim foi péssimo, talvez por ter precariamente compreendido que o padre estava atuando, que nem tudo era uma iluminação ou seja lá como se chamava essa disposição sagrada, essa dimensão espiritual. Resolvi renunciar ao cargo e naquele mesmo instante deixei de ser católico. Suponho que então também o sentimento religioso começou a se extinguir de todo. Nunca tive, em todo caso, esses devaneios racionais sobre a existência de Deus, talvez por depois ter começado a crer, de maneira ingênua, intensa e absoluta, na literatura.

12

Depois do atentado a Pinochet, em setembro de 1986, Dante começou a perguntar às pessoas do bairro se eram de esquerda ou de direita. Alguns vizinhos reagiam com incômodo, outros riam e apressavam mais ainda o passo, outros perguntavam a ele o que entendia por esquerda e por direita. Mas a pergunta não era feita às crianças, apenas aos adultos.

Continuei sendo amigo de Mauricio e indo à casa dele para ouvir Pablo Milanés, mas também e sobretudo Silvio Rodríguez, Violeta Parra, Inti Illimani, Quilapayún, e recebendo as lições dele e de seu irmão sobre a revolução, sobre o trabalho comunitário. Foi com eles que ouvi falar pela primeira vez das vítimas da ditadura, dos presos e dos desaparecidos, dos assassinatos, das torturas. Eu os ouvia perplexo, às vezes me indignava com eles, outras vezes me perdia num certo ceticismo, sempre invadido pelo mesmo sentimento de inadequação, de ignorância, de pequenez, de estranhamento.

Tentei tomar posições, no começo erráticas e momentâneas, um pouco como Leonard Zelig: o que queria era me encaixar, pertencer, e se eram de esquerda, eu também podia sê-lo, como também podia ser de direita em minha casa, embora meus pais não fossem realmente de direita, ou melhor, lá em casa nunca se falava de política, salvo quando minha mãe lembrava e lamentava como havia sido difícil conseguir leite para minha irmã durante o governo da Unidad Popular.

Compreendi que uma maneira eficaz de pertencer era ficar calado. Entendi ou comecei a entender que as notícias ocultavam a realidade, e que eu era parte de uma multidão conformista e neutralizada pela televisão. Minha ideia de sofrimento era agora a imagem de uma criança que teme que seus pais sejam assassinados, ou que cresceu sem conhecê-los, no máximo por algumas poucas fotografias em preto e branco. Ainda que eu fizesse de tudo para me afastar dos meus pais, perdê-los era, para mim, a situação mais desoladora que podia imaginar.

13

"A questão não é lembrar-se / da primeira comunhão / e sim da última", diz um poema de Claudio Giaconi. Já estou perto de terminar.

14

No começo de 1987 o papa veio ao Chile e eu voltei a sentir certo entusiasmo religioso, mas não por muito tempo. No fim desse mesmo ano, alguns dias depois de completar doze anos de idade, soube que iriam me trocar de colégio. Não havia tido muito sucesso com o violão, mas tive meu momento de glória musical quando ganhei o Festival do colégio cantando "El baile de los que sobran". O menino que obteve o segundo lugar interpretou, com uma voz melódica, perfeita, "Detenedla ya", de Emmanuel. Não sei como ganhei dele. Começava a mudar de voz, custava a encontrar o tom certo. E não sabia o que cantava. Não sabia o que cantava.

Em março de 1988 entrei no Instituto Nacional. E logo chegaram, ao mesmo tempo, a democracia e a adolescência. A adolescência era verdadeira. A democracia, não.

Em 1994 entrei na faculdade de Literatura da Universidad de Chile. Havia em minha casa um reluzente computador preto. De vez em quando o usava para fazer meus trabalhos ou escrevia poemas que depois imprimia, mas apagava os arquivos, não queria deixar rastros.

No fim de 1997 eu morava numa pensão, em frente ao Estadio Nacional, e estava totalmente brigado com meu pai. Não aceitei seu dinheiro, mas sim um notebook usado que insistiu em me dar de presente. E se ele não tivesse insistido, eu também teria aceitado. Fazia sentido que meu disco favorito se chamasse *Ok Computer*. Escrevia ouvindo mil vezes "No Suprises", escrevia sobre qualquer coisa, mas não sobre minha família, pois na época eu brincava fingindo que não tinha família. Nem família, nem casa, nem passado. Às vezes também ouvia "I Am a Rock", de Simon & Garfunkel, e isso também fazia sentido, porque eu vivia aquilo, pensava aquilo, com seriedade, com gravidade: "I have my books / and my poetry to protect me".

Em 1999 o notebook que meu pai havia me dado, um IBM preto com uma bolinha vermelha no meio do teclado que funcionava como mouse (que o pessoal da informática chamava de "o clitóris"), quebrou definitivamente. Comprei, parcelado em muitas vezes, um Olidata imenso. Agora morava na Calle Vicuña Mackenna, 58, no andar subterrâneo de um edifício grande e antigo. Trabalhava como telefonista à noite e nas tardes escrevia e olhava pela janela as pernas, os sapatos das pessoas que passavam pela rua. Naquele inverno, como não tinha aquecedor nem bolsas de água quente, dormi várias vezes abraçado à CPU do computador.

Em 2005 proibiram o uso de cerol nos fios, por causa da série de acidentes que provocava e do caso de um motoqueiro que morrera anos antes. Mas naquele momento meu pai já havia se voltado totalmente para a pesca com mosca.

Em agosto de 2008 minha avó morreu. Há alguns dias eu e minha mãe revisitamos os contos dela, agora passados para o computador, em letra Comic Sans, corpo doze, espaçamento duplo. Lembrava de cabeça o começo de "Ninette": "Este conto trata de uma família com ilustres antepassados, o que fazia com que fossem cada vez mais orgulhosos, menos a menina, filha única, que se destacava por ser bondosa e gentil".

Hoje é dia 5 de julho de 2013. Minha mãe não tem mais pôsteres no quarto do casal, mas continua fã de Paul Simon. Nesta manhã, por telefone, falávamos sobre ele, sobre como será sua vida agora, se terá encontrado ou não a felicidade com Edie Brickell. Garanti a ela que sim, porque penso que eu também seria feliz com Edie Brickell.

É noite, é sempre noite no fim dos textos. Releio, mudo frases, especifico nomes. Tento lembrar melhor: mais e melhor. Corto e colo, aumento a letra, mudo a fonte, a entrelinha. Penso em fechar este arquivo e deixá-lo para sempre na pasta Meus documentos. Mas vou publicá-lo, quero fazer isso, embora não esteja terminado, embora seja impossível terminá-lo.

Meu pai era um computador, minha mãe, uma máquina de escrever.
Eu era um caderno vazio e agora sou um livro.

Camilo

Sou eu, o Camilo!, ele gritou do portão, abrindo os braços, como se nos conhecêssemos: afilhado do seu pai. Me pareceu muito suspeito, quase uma caricatura do perigo, eu já era grande para cair nesse tipo de armadilha. E ainda por cima usava óculos escuros, como os de um cego, num dia nublado. E jaqueta jeans, com *patches* pretos de bandas de rock costurados. Meu pai não está em casa, respondi, fechei a porta sem me despedir, e não dei o recado, esqueci.

Mas era verdade, meu pai tinha sido muito amigo do pai do Camilo, o Camilo adulto: jogavam futebol juntos no time de Renca. Há fotos do batismo, com o menino chorando e os amigos olhando solenemente para a câmera. Durante alguns anos tudo ia bem, meu pai era um padrinho presente, se preocupava com o menino, mas houve uma briga e, mais tarde, alguns meses após o golpe, o Camilo pai foi preso e depois partiu para o exílio – o plano era que a tia July e o pequeno Camilo fossem ao encontro dele em Paris, mas ela não quis, e o casamento, assim, terminou. De modo que o pequeno Camilo cresceu com saudades do pai, esperando-o, juntando dinheiro para ir vê-lo. E um dia, logo que fez dezoito anos, decidiu que, se não podia ir ver o pai, deveria pelo menos encontrar o padrinho.

Tudo isso eu soube na primeira vez que Camilo lanchou conosco, ou talvez tenha ficado sabendo aos poucos. Tento dizer aqui algumas palavras com clareza e me confundo. Mas me lembro de uma tarde em que meu pai se emocionou ao comprovar que o afilhado se parecia muito com seu velho amigo – você é a cara dele, disse, o que não era necessariamente um elogio, porque era um rosto comum, difícil de guardar, e embora Camilo usasse vários produtos para se pentear segundo a moda, seu cabelo duro costumava pregar várias peças.

Apesar da minha desconfiança inicial, logo vi que Camilo era uma das pessoas mais divertidas que se pode imaginar. Rapidamente se tornou uma presença benéfica e protetora, um sujeito luminoso, um verdadeiro irmão mais velho. Quando partiu para a França, realizando o sonho de sua vida, foi como se um irmão meu estivesse indo embora. Foi em janeiro de 1991, isso posso afirmar com precisão.

*

Essa fascinação pelo Camilo era compartilhada por todos nós. Minha irmã mais velha estava totalmente apaixonada por ele, e minha irmã mais nova, que era incapaz de se concentrar em qualquer coisa por mais de dois segundos, ficava olhando fixamente para ele quando vinha e celebrava cada uma de suas tiradas. Minha mãe, então, nem se fala; conversavam em tom de brincadeira, mas também a sério, porque naquele tempo Camilo estava – em suas próprias palavras – cheio de tensões religiosas, e embora minha mãe não fosse nenhuma freira, ficava tão chocada que alguém pudesse não acreditar em Deus que o ouvia com cara de abobalhada.

Quanto a meu pai, acho que, para ele, mais que um afilhado, Camilo se transformou num companheiro, num amigo, inclusive deixava que o tratasse sem formalidades. Ficavam na sala até tarde, conversando sobre qualquer coisa, exceto sobre a existência de Deus, porque meu pai não admitia que se questionasse isso, e tampouco sobre futebol, porque Camilo foi o primeiro homem que não gostava de futebol que conheci. Eu, que adorava futebol, achava isso muito divertido, muito exótico: Camilo nem sequer entendia as regras do jogo. Era famosa a história da única partida que havia jogado na vida, aos cinco anos, num ginásio em San Miguel: como tudo o que sabia sobre futebol na época vinha dos clipes com os gols na tevê, dedicou-se aquela tarde a correr em qualquer direção, comemorando gols inexistentes e cumprimentando o público com alegria, totalmente alheio à bola.

*

Minha relação com meu pai, por outro lado, era estritamente relacionada ao futebol. Assistíamos ou escutávamos aos jogos, às vezes íamos ao estádio, e todos os domingos, ao meio-dia, ia com ele a uns campos de futebol em La Farfana – ele jogava no gol e era realmente bom, me lembro dele suspenso no ar, agarrando a bola com as duas mãos e segurando-a contra o peito. Nunca deixei de pensar, no entanto, que seus colegas deviam odiá-lo, porque era o tipo de goleiro que fica a partida inteira dando instruções, arrumando a defesa, e inclusive o meio-campo, a plenos pulmões. Volta, idiota, volta, toca, passa pra mim, solta a bola, volta, idiota, volta: quantas vezes escutei essas ordens saindo da boca do meu pai, pronunciadas num tom de suprema urgência. Se alguma vez gritou comigo, não foi tão alto quanto esses berros que seus companheiros recebiam aborrecidos, ou ao menos era isso que eu achava, pois não tinha como ser agradável jogar com essa permanente gritaria ao fundo. Mas meu pai era respeitado. E jogava muito bem, insisto. Eu ficava atrás do gol, com uma Bilz ou um Chocolito, às vezes ele me olhava rapidamente para ter certeza de que eu continuava lá, e outras vezes me perguntava, sem se virar, o que tinha acabado de acontecer, porque este era o grande problema de meu pai como goleiro, de fato foi por isto que não pôde se dedicar profissionalmente ao futebol: sua miopia era tão forte que enxergava apenas até a metade do campo. Seus reflexos eram, por outro lado, extraordinários, e o mesmo valia para sua coragem, a qual pagou com duas fraturas na mão direita e uma na esquerda.

No intervalo eu gostava de me colocar no lugar do goleiro e invariavelmente pensava em como o gol era enorme, muitas vezes me perguntava como era possível que alguém, por exemplo, agarrasse um pênalti. E meu pai defendia pênaltis, claro que sim. Um de três, um de quatro: nunca se jogava antes, sempre esperava, e se a execução fosse pouco menos que perfeita, agarrava.

*

Lembro de uma vez que viajamos para o campo, e Camilo descobriu que eu piscava entre os postes de luz. Ainda faço isso, inclusive quando dirijo, não consigo evitar: assim que começa a estrada pisco com cuidado, prestando atenção para acertar o ponto médio entre dois postes. Naquela vez, amontoados com minhas irmãs no banco de trás do Chevette, Camilo percebeu que eu estava tenso, concentrado, e logo começou a piscar ao mesmo tempo, sorrindo para mim. Fiquei nervoso, porque não queria cometer nenhum erro, pensava fervorosamente que somente se eu piscasse entre os postes estaríamos a salvo.

Hoje em dia não me importo, mas quando criança minhas esquisitices me angustiavam a tal ponto que transformavam as atividades mais simples em coisas insuportáveis para mim. Suponho que eu fosse meio ou completamente obsessivo-compulsivo. Como tantas crianças, evitava cuidadosamente as linhas entre as lajotas, e se por um erro pisasse numa delas, entrava num estado de desespero incomunicável: encerrava-me em mim mesmo, era invadido por um sentimento de fatalidade, e no entanto achava que aquilo era algo ridículo demais para ser dito. Tinha também uma mania de equilibrar as partes do corpo – se estivesse com dor em uma perna, batia com a outra para igualá-las, ou movia o ombro direito no ritmo das batidas do meu coração, como se quisesse ter dois corações – e uma predileção por certos números e cores, e sobretudo mantinha algumas rotinas realmente caprichosas, como subir e descer nove vezes a escada que ia da piscina à praça, o que não era tão esquisito, podia até parecer uma brincadeira, mas eu tentava fazer com que não parecesse, fingia escrupulosamente: parava depois do último degrau, mexia a cabeça como se tivesse percebido que esquecera algo, e só então retomava meus passos.

Se menciono tudo isso é para dizer que Camilo sempre se mostrou disposto a me ajudar. Aquela vez, no Chevette, quando percebeu que eu estava nervoso, fez um cafuné na minha cabeça e disse algo de que não me lembro, mas tenho certeza de que foi uma frase extremamente calorosa, solidária e sutil. Um tempo depois, quando comecei a contar para ele as minhas excentricidades, ele me dizia que todo mundo era diferente, que aquelas coisas esquisitas que eu fazia eram normais. Ou que não eram, mas dava no mesmo, porque pessoas normais eram chatas.

*

Eu poderia preencher várias páginas demonstrando a importância de Camilo na minha vida. Assim de primeira, lembro que foi ele quem, depois de uma conversa árdua e cheia de argumentos sofisticados, conseguiu que me deixassem ir pela primeira vez a um show (fomos juntos assistir ao Aparato Raro, no colégio Don Orione, em Cerrillos), e também foi a primeira pessoa que leu meus poemas.

Eu escrevia poemas desde pequeno, o que obviamente era um segredo inconfessável. Não eram bons, só que eu achava que sim, e quando Camilo os leu me tratou com respeito, porém depois esclareceu que agora os poemas não eram mais rimados. Isso me surpreendeu, pois eu pensava que um poema era uma coisa sempre igual, algo antigo, imutável. Mas era uma ótima notícia, porque eu às vezes penava muito para conseguir rimar, e era mais ou menos consciente de que não convinha usar sempre combinações muito fáceis. Ainda assim, desconfiei do que Camilo dizia, porque até então eu nunca tinha lido um poema sem rima.

Perguntei a ele qual era a diferença entre um poema e um conto. Estávamos na piscina, deitados ao sol, em plena fotossíntese, como ele dizia. Olhou para mim com ares pedagógicos e me disse que um poema era o exato oposto de um conto – os contos são entediantes, mas a poesia é loucura, a poesia é selvagem, a poesia é um fluxo de sentimentos extremos, disse, ou algo assim. É difícil, nesse ponto, não começar a inventar, não se deixar levar pelo aroma da lembrança. Ele pronunciou estas palavras: loucura, selvagem, sentimentos. *Fluxo*, não. Acho que *extremos,* sim.

Quando voltamos para casa ele pegou meu caderno e se pôs a escrever poemas. Demorou talvez meia hora para escrever dez ou doze textos longos e depois os leu para mim. Eu não entendi nada, perguntei se as pessoas entendiam aquilo. Ele disse que talvez não, mas que não era isso que importava. Perguntei se queria publicar um livro. Disse que sim, que com certeza o faria, mas que não era isso que importava. Perguntei o que era que importava. Ele me respondeu isto, ou foi isto o que entendi: o que importa é expressar os sentimentos e se mostrar um homem apaixonado, interessante, talvez um pouco frágil, uma pessoa sem medo de nada, que aceita seu lado feminino. Definitivamente essa foi a primeira vez que ouvi a expressão *lado feminino*.

Depois, não sei quanto tempo depois, perguntou se eu gostava de homens ou de mulheres. Fiquei apreensivo, porque eu gostava de alguns homens, como do próprio Camilo, para não ir mais longe, embora tivesse claro em minha mente que gostava mais de mulheres, muito mais. Gosto de garotas, disse, gosto muito, acho elas gostosas. Ok, ele disse, muito sério, e logo acrescentou que se eu gostasse de homens, não tinha problema, que isso também podia acontecer.

*

Lembro de Camilo, uma tarde, na ponte em arco de Providencia, fumando. Eu entendia que aquilo não era um cigarro normal, mas não sabia exatamente o que era. É forte demais para um menino, disse, se desculpando quando pedi para provar, porque na época eu já fumava, de vez em quando. Deve ter sido em 1986 ou no começo de 1987, eu tinha dez ou onze anos. Sei disso porque nesse tempo ainda não conhecia bem o centro de Santiago, nem Providencia, e porque depois fomos comprar o *True Stories*, do Talking Heads, que ainda era então um disco novo.

Temos que resolver o seu problema, ele havia me dito aquela manhã, enquanto caminhávamos até o ponto. Perguntei qual, porque eu pensava que tinha muitos problemas, e não apenas um. Sua timidez, me respondeu, as mulheres não gostam dos tímidos. E claro que eu era tímido na época; falo de uma timidez genuína, verdadeira, não como hoje em dia que todo mundo é tímido, chega a ser engraçado. Se alguém não te cumprimenta, dizem que é por timidez, e se matou a mulher, foi porque era tímido, se enganou um povo inteiro, se se candidatou a deputado, se comeu o resto de nutella do pote sem perguntar a ninguém: tímido. Falo de outra coisa: gagueira, insegurança, introspecção.

Vou te ajudar, me disse Camilo, vou te dar uma aula, mas não se preocupe, não precisa fazer nada, você simplesmente me acompanha e não sai do meu lado, aconteça o que acontecer. Assenti, um pouco zonzo. O trajeto durou uma hora, durante a qual ele ficou me contando piadas, quase todas repetidas, mas agora as contava em voz muito alta, quase gritando. Entendi que a lição consistia em que eu risse igualmente alto, o que era muito difícil para mim, mas tentei. Porém, depois, quando descemos do ônibus, ele me disse que essa ainda não era a lição.

Então fomos até a ponte, ficamos parados no meio dela. Camilo fumava em silêncio, eu observava a água turva e veloz, que corria num fluxo menos escasso que de costume. Me concentrei na correnteza, e não sei como aconteceu: eu a olhava tão fixamente, estava tão absorto na imagem, que tive a sensação de que a água estava parada e que nós estávamos num barco, mesmo sem nunca ter navegado num barco. Fiquei assim por um bom tempo, talvez quinze minutos, vinte, não sei. Estamos num barco, disse a Camilo, e expliquei a ele minha descoberta. Custei a explicar, ele não entendia, mas logo também conseguiu ver, e soltou uma exclamação de profunda e crescente perplexidade, própria de quem está chapado. Continuamos observando a correnteza enquanto ele dizia *incrível*, *incrível*, *incrível*.

Depois, quando caminhávamos até Providencia, disse que me respeitava, e acrescentou, cerimonioso: eu te achava muito legal, eu te acho muito legal, mas a partir de hoje eu te respeito. Ao chegarmos a uma esquina, talvez a da Calle Carlos Antúnez, fez um gesto sutil e cortante com a cabeça que queria dizer *agora*, se jogou no chão, com as mãos na barriga, e começou a rir descontroladamente, escandalosamente. Logo se fez um círculo ao nosso redor, eu não queria estar ali, mas entendia que essa era a lição. Quando terminou de rir havia cinco guardas lhe pedindo explicações. Camilo ainda se permitiu um tempo para me fazer um gesto de aprovação, eu tinha permanecido com ele, e no fim até conseguira rir um pouco, como se fosse o amigo tímido do que ri, mas não tímido o bastante para ficar envergonhado. Eu olhava os rostos dos guardinhas, imperturbáveis e severos, enquanto Camilo desfiava, totalmente fora de ordem, uma explicação que tinha a ver comigo, minha timidez e por que era necessário me dar aquela lição, para que eu pudesse, disse-lhes, crescer. Havia perturbado a ordem pública, estávamos na ditadura, mas Camilo conseguiu convencer os policiais, e saímos dali após a estranha promessa de nunca mais rir numa via pública.

Estou muito chapado, me disse depois, ou talvez tenha dito para si mesmo, um pouco preocupado. Fomos a umas galerias para comprar o disco. A loja de discos era totalmente diferente das que eu conhecia, tudo me parecia luxuoso ou exclusivo. Quando o vendedor nos entregou o *True Stories*, Camilo traduziu para mim o começo de "Love for Sale", embora talvez tenha inventado um pouco, porque não sabia falar inglês. Peguei o vinil, olhei a capa branca e vermelha, e fiz de volta para ele o mesmo gesto sutil: *agora*. Foi só o tempo de ele me olhar com pânico: saí correndo sem mais nem menos, com o disco nas mãos, e continuamos correndo e nos esquivando das pessoas por muito tempo, rindo que nem dois malucos, em alta velocidade.

Naquela tarde tinha um jogo, não lembro exatamente qual, mas era da seleção. Camilo ficou para assistir conosco. Meu pai estranhou, perguntou a ele por quê. Não tenho pai, você é meu padrinho, tem que me ensinar algo sobre futebol, respondeu. E se não quiser – advertiu-o, piscando para mim –, eu viro bicha.

Então se tornou um costume Camilo vir assistir aos jogos conosco, mas não sei se meu pai gostava, porque as perguntas que Camilo fazia eram tão básicas e sem noção que rapidamente ficávamos entediados.

*

No dia 4 de dezembro de 1987 cometi um pecado mortal. Los Prisioneros acabavam de lançar *La cultura de la basura*, o terceiro disco deles, e eu estava morrendo de vontade de comprá-lo, mas não tinha um peso sequer. Pensei em roubar de novo, mas não me achava capaz, aquilo com o disco dos Talking Heads havia sido apenas um lapso de inspiração. Tive uma ideia melhor: como a data de lançamento do disco coincidia com a do Teleton, pedi dinheiro para ajudar as crianças com deficiência, fui à praça e comprei o disco.

Fiquei péssimo. Me trancava no quarto ouvindo o disco, e no começo cada música parecia estar conectada, de um modo ou de outro, ao meu delito. Decidi me confessar, mas tinha medo da reação do padre. Se confesse comigo, que ideia besta sair contando suas coisas para um padre. Além do mais, te digo logo: masturbação não é pecado, e acho que até Jesus batia uma bronhazinha pensando em Maria Madalena.

Cheguei a ficar tonto de tanto rir. Nunca tinha escutado tamanha heresia na vida. Na sala, em cima da mesa de jantar, havia uma imagem de Jesus, e a partir de então eu não conseguia mais olhá-lo sem imaginar que esse era seu rosto depois de ejacular. Em todo caso, nunca achei que a masturbação fosse pecado. Quando contei a Camilo o que havia feito, ele me disse para não me preocupar, que o Teleton conseguia bater sua meta só com o dinheiro dos patrocinadores, e que talvez eu *precisasse* daquele disco, que talvez o que eu havia feito fosse justo. Não estou entendendo, disse. Bom, se você continua culpado, faz aquela reza, aquela que as pessoas se batem no peito, sentenciou.

*

E a sua madrinha? Você tem contato com ela?, perguntei uma manhã – naquele tempo ele costumava ficar para dormir na sala, acordava cedo e voltava do mercado com uma melancia, porque era verão. Respondeu que sim, que ela continuava sendo a melhor amiga de sua mãe. E você? Tem padrinhos?

Tenho, mas são meus tios, irmãos da minha mãe.

Assim não vale, respondeu. A ideia é não serem familiares. Os tios vão te dar presentes de todo jeito. Acho que meu pai poderia ser seu padrinho, disse, muito sério. Quando eu for vê-lo, vou pedir que ele seja seu padrinho.

*

Insistia que lhe ensinássemos sobre futebol e às vezes batíamos pênaltis na rua. Mas meu pai logo se entediava, dizia que Camilo não se concentrava, que seu interesse não era genuíno. Mesmo assim, fomos os três ao Estadio Santa Laura, num dia que haveria dois jogos seguidos. Primeiro, a Universidad de Chile jogava contra o Concepción. Camilo, para aborrecimento meu e do meu pai, decidira que torcia para a U, que era o time do pai dele, embora, é claro, nem soubesse o nome dos jogadores. Gostou do fato de no estádio as pessoas gritarem e reclamarem, mas ficou surpreso quando notou a raiva dirigida ao árbitro, de modo que resolveu defendê-lo, e ainda que no começo as pessoas tenham levado a mal, também era engraçado ver o Camilo, a cada vez que o árbitro marcava uma falta ou dava um cartão, ficar de pé e dizer em voz alta: muito bem, senhor juiz, ótima decisão.

Camilo continuou encorajando o árbitro no jogo seguinte, entre Colo Colo e Narval (acho), e eu fiz coro para os gritos dele, mesmo que para mim assistir a um jogo do Colo Colo fosse um assunto muito sério. Cresci admirando Chino Hisis, Pillo Vera, Caszely, Simaldone, e odiava alguns jogadores também, como Cristián Saavedra (não sei por quê) e Mario Osbén, mas só na época em que o treinador inexplicavelmente ficava alternando como titulares ele e Roberto Rojas, que era meu ídolo. Isso me deixava furioso. Um dos grandes prazeres da minha infância era descer até a grade e gritar contra esse treinador, enchê-lo de xingamentos. Em casa eu era proibido de falar palavrão, mas no estádio era tudo liberado.

Nenhum desses jogadores fazia mais parte do time quando fomos ao estádio com Camilo, e de quem eu mais sentia falta era obviamente Roberto Rojas. Admirar o Cóndor Rojas era inevitável, todos os chilenos o admiravam. E para mim era também um modo indireto de admirar meu pai. No mais, eu conhecia perfeitamente a posição do goleiro, sabia de cabeça os movimentos, e considerava que sua função era sem dúvida a mais difícil. Às vezes eu também jogava de goleiro, tentando ser parecido com o Cóndor Rojas ou talvez com meu pai (em tudo, menos nos berros). E, no entanto, no tempo em que treinei nas categorias de base do Cobresal, no mesmo campo onde aos quinze anos Iván Zamorano começou a se tornar um craque, acabei me dando melhor como meio-campista, e não como goleiro. Tinha medo, talvez, de não estar à altura.

*

Por que Camilo passava tanto tempo conosco? Porque o amávamos, certamente. E porque não gostava de ficar em sua própria casa. Talvez dissesse isso, entredentes. Brigava muito com a mãe por causa da crise religiosa, e por causa da situação política. Antes do plebiscito, Camilo foi a todas as concentrações a favor do NÃO e isso provocou brigas muito grandes. Ele queria que o NÃO ganhasse porque odiava Pinochet, mas também porque pensava que assim o pai voltaria para o Chile. Seu pai não queria voltar, ou era isso que a tia July dizia para Camilo o tempo todo – seu pai tem outra família, outro país, nem lembra mais de você. Mas o pai de Camilo escrevia sempre para ele, enviava dinheiro, telefonava de vez em quando.

Tia July era durona. E contudo nos tratou muito bem na única vez que fomos à sua casa. Nos serviu torta de pão e vitamina de banana enquanto jogávamos *Montezuma's Revenge* com os meios-irmãos de Camilo. Era estranho ver Camilo daquele jeito, se sentindo deslocado. Lembro que entrei em seu quarto e parecia que ele não morava ali. Ele nos dava, para mim e minhas irmãs, diversos cartazes e pôsteres, mas em seu quarto não havia nada do tipo: fiquei impressionado com aquelas paredes brancas, vazias, sem nem um prego para pendurar uma foto.

Ah, o que o Camilo estudava? Engenharia de alguma coisa, na Universidad Tecnológica Metropolitana, que na época se chamava Instituto Profesional de Santiago. Entrou nesse curso depois de prestar o vestibular pela terceira vez; lembro que foi falar com meu pai, pedir conselho. Mas ele não gostava de estudar. Uma vez tentou me dar aulas de matemática, mas não deu certo, e além do mais não era necessário. Também não sei se lia, acho que sim. Acho que naquela vez, quando me falou sobre poesia, mencionou Rimbaud e Baudelaire, os poetas malditos, não sei se foram esses mesmo, mas mencionou alguns autores.

Muitas vezes, penso agora, a partir desse lugar tão suspeitosamente estável que é o presente, Camilo era imaturo. Mas não. Não era. Ou tinha também esse outro lado intuitivo, generoso, perspicaz.

Ele estava conosco, na frente da tevê, quando o Cóndor Rojas fingiu a lesão no Maracanã. Não conseguíamos acreditar no que estávamos vendo, Camilo também estava consternado. Brasileiros cuzões, falei muito alto, para ver se me dariam bronca, mas ninguém me repreendeu. Meu pai mergulhou num silêncio profundo, estava triste, furioso. Camilo partiu imediatamente para o centro, e foi parte da multidão que protestou em frente à embaixada do Brasil. Quis ir com ele, mas não me deixaram, e tive que engolir a raiva.

Algum tempo depois, quando o assunto continuava sendo debatido e Roberto Rojas dava declarações para a Fifa, e em entrevistas continuava reafirmando sua inocência, Camilo veio jantar conosco e disse que não acreditava mais na inocência do Cóndor. Na época já corria esse boato, mas tanto eu como meu pai o considerávamos uma infâmia, uma estupidez. Meu pai olhou para ele com desprezo, quase com rancor: você não tem o direito de opinar, não entende nada de futebol, disse: você realmente acredita que o Cóndor seria tão estúpido a ponto de fazer isso? Mas no fim, quando Roberto Rojas, numa entrevista, confessou ser culpado, tivemos que aceitar. Então pedimos desculpas ao Camilo, mas ele não deu importância.

Mesmo meses depois de o Cóndor confessar sua culpa, eu continuava pensando que era impossível. Mas o tempo passou, e tivemos que parar de admirar o Cóndor Rojas, e eu também deixei de acompanhar meu pai nos jogos. Pouco depois, meu pai sofreu sua última fratura na mão direita. E o médico lhe pediu para nunca mais jogar futebol.

*

Em meados de 1990 aconteceu algo genial: depois de uma década solicitando uma linha telefônica, finalmente ela nos foi concedida. Deram-nos o número 5573317. Na manhã em que vieram instalá-la estávamos sozinhos com minha mãe. A primeira coisa que ela fez foi ligar para uma amiga, e depois disse para eu ligar para algum amigo, de modo que liguei para Camilo. Era um daqueles períodos em que ele inexplicavelmente parava de nos visitar. Parecia feliz, e pedi que viesse nos ver. Apareceu em poucos dias.

Dessa vez quis me ensinar a interagir com as mulheres. Eu tinha catorze anos, já tinha dado alguns beijos, mas basicamente minha relação com as meninas continuava sendo difícil. Camilo me contou que acabara de conhecer Lorena, que tinham saído, que tinham dormido juntos. Explicou como eu deveria tratar as mulheres na cama ("você tem que tirar a roupa delas lentamente, controlando a ansiedade", acho que disse). E agora que tínhamos telefone, propôs: vou ligar para a Lorena e você escuta no telefone do quarto da sua mãe. Assim vai entender como se seduz uma mulher. Camilo não estava se exibindo, não. Queria realmente me ensinar.

Oi, Lorena, é o Camilo, disse a ela, com uma voz profunda.

Ah, como você está – sua voz era doce, doce e um pouco rouca.

Bem, mas preciso te ver.

Ela ficou calada por cinco minutos antes de soltar esta frase que nunca esquecerei:

Bom, se já virou uma necessidade, é melhor pararmos por aqui – e desligou.

Fui até a cozinha, coloquei água pra ferver e preparei um chá para Camilo. Acho que foi a primeira vez que preparei um chá para alguém. Coloquei muito açúcar, como achava que se fazia quando alguém estava triste.

Obrigado, Camilo me disse, com um gesto resignado. Mas não tem problema. Estou feliz. No próximo verão vai acontecer algo importante.

O quê?

Para mim, não vai ser verão. Vai ser inverno.

O diálogo era perfeito, mas não entendi, mesmo com as pistas. Que bobo.

Vou para a França, ver meu pai, disse, o entusiasmo nitidamente desenhado em seu rosto.

*

Avanço muitos anos agora. Para ser mais preciso: vinte e dois. É outubro de 2012. Estou em Amsterdã, num encontro com chilenos, converso com alguns, a maioria exilados, alguns filhos de exilados, outros estudantes. E lá está Camilo adulto, Camilo pai. Alguém nos apresenta, e ao ouvir meu sobrenome noto o interesse em seus olhos. Você se parece com seu pai, diz. E você com Camilo, respondo. Pergunta algumas coisas, vaguezas. Falamos sobre os protestos, sobre a vergonhosa negativa oficial que não permitiu que os chilenos que moram no exterior votassem nas eleições. Falamos sobre Piñera e de repente somos dois compatriotas repassando juntos a incompetência do presidente. E depois: como vai o Hernán, ele pergunta. Bem, digo, e penso que faz tempo que não falo com meu pai. Sinto um pouco como se tivesse sido agredido, não entendo bem por quê. Estou gelado. Então entendo: penso no tanto que Camilo sofreu por causa do pai. Sinto que, de um modo absurdo e obscuro, ao falar com Camilo pai estou traindo meu amigo, meu irmão. Mas quero falar com esse homem, saber quem ele é. Digo para nos encontrarmos no dia seguinte.

Combinamos de ir a um restaurante mexicano que fica em Keizersgracht. Fica a uma pequena caminhada de distância do hotel. Chego quase duas horas antes, para ver o jogo do Barcelona. Alexis Sánchez está no banco. Há décadas o futebol se transformou, para nós, em um esporte individual. Por culpa do Cóndor Rojas, ficamos de fora não só da Copa da Itália de 1990, mas também da de 1994, nos Estados Unidos. Não tivemos outra opção além de nos concentrar por anos nos triunfos e nos fracassos individuais dos poucos compatriotas que jogavam fora do país. Torcemos pelo Real Madrid quando Zamorano jogava lá, e agora torcemos pelo Barça, com Alexis, enquanto durar (se é que vai durar). E torcemos e torceremos pelos times em que joguem Mati Fernández ou Arturo Vidal ou Gary Medel e os outros. Estamos acostumados a esse contrassenso: que me importam os gols de David Villa e de Messi. Meu único interesse é que coloquem Alexis para jogar, e, se ele não brilhar, que pelo menos não faça nenhuma lambança.

Camilo pai também chega mais cedo. Vou ver um jogo com o pai de Camilo, penso.

O que eu sabia sobre Camilo pai, sobre seu exílio, era o pouco que seu filho havia me contado: que tinha sido preso em 1974, que depois tivera a sorte, por assim dizer, de conseguir sair do Chile, em 1975: que havia chegado a Paris, que em pouco tempo conhecera uma argentina, com a qual teve dois filhos. Descubro que está há quinze anos na Holanda, primeiro em Utrecht, depois em Roterdã e agora numa cidadezinha perto de Amsterdã. De imediato, como se eu fosse um policial que não quer perder tempo, acelero a história, pergunto o que aconteceu: por que Camilo, quando voltou para o Chile, estava tão mudado.

Não sei por quê, diz. Ele foi para Paris me buscar. Queria que voltássemos juntos para o Chile. Ele mesmo não queria saber de vir para cá, até ofereci essa possibilidade. Dizia para mim que eu era chileno. Propus que ele viesse estudar aqui, falei do plano de irmos morar na Holanda. Ele falou que não gostava de estudar, nem em Santiago nem na Europa. E o tom foi subindo. Me disse coisas horríveis. Eu lhe disse coisas horríveis. E se iniciou uma competição, uma competição sobre quem dizia as coisas mais horríveis. Fiquei com a sensação de que ele tinha ganhado. E ele ficou com a sensação de que eu tinha ganhado. Mantivemos contato naqueles anos todos, eu me preocupava, mandava dinheiro, não muito, mas mandava. Depois, na primeira vez que voltei ao Chile, estivemos juntos, almoçamos várias vezes, mas sempre brigávamos.

Isso foi em 92, eu digo a ele.

Sim, ele responde.

Alexis entra aos quinze minutos do segundo tempo, parece lento, fica impedido algumas vezes, mas tem uma pequena participação no três a zero de Xavi. Depois quem marca é Fábregas e de novo Messi. Alexis perde, nos últimos minutos, um gol feito.

O que você acha do Alexis, Camilo me pergunta – que não é melhor que o Messi, digo, e ele sorri. Acrescento que nunca foi goleador, que no Chile perdia gols a toda hora, mas que era excepcional, o melhor pelas pontas. Na hora penso de novo: estou falando sobre futebol com o pai de Camilo e sinto uma espécie de estremecimento. Uma sensação muito estranha. Falo sobre o Colo Colo de 2006. Falo de Claudio Borghi, de Mati Fernández, de Chupete Suazo, de Kalule, de Arturo Sanhueza. Falo daquela final terrível no Nacional, contra o Pachuca. Me sinto bobo falando assim. Ingênuo.

Camilo queria que o senhor fosse meu padrinho, digo depois. Ele sorri, sem entender. E não explico. Insiste que o trate de maneira informal. Digo que não. Pergunta como meu pai e Camilo se tratavam. Respondo que informalmente. Faça o mesmo comigo, então. Prefiro não. Depois tento fazer com que minha resposta soe gentil, mas o que sai é apenas um não abafado, murmurado.

Pergunto por que meu pai e ele se desentenderam. Meu pai nunca quis me contar, nem para Camilo: sempre mudava de assunto. E ninguém mais sabia. Imaginávamos que era algo muito grave.

Foi perto da final do campeonato, diz Camilo pai, estávamos com a partida ganha, dois a zero: eu jogava de zagueiro central, faltavam poucos minutos para acabar, e seu pai gritava que nem louco – digo que sei bem, que o assisti jogar, que aqueles gritos sempre me impressionavam. Toca, toca, toca, Camilo, idiota. Estávamos brigando por causa disso há alguns jogos. Ele não me deixava decidir. Toca, toca pra mim. E naquele tempo o goleiro podia pegar com a mão a bola recuada.

Eu lembro, digo. Não sou tão novo, digo.

Você é muito jovem, ele diz.

Pedimos mais cervejas. Ele continua:

Toca, Camilo, idiota, Hernán repetia, de novo e de novo. Eu estava de saco cheio e só de sacanagem resolvi chutar no ângulo dele, meti um gol contra – toma aí a bola, filho da puta, eu disse. Alguns riram, outros me deram esporro, seu pai olhou para mim com ódio.

E depois o outro time empatou. Se tivéssemos ganhado, se eu não tivesse marcado esse gol contra, poderíamos ter sido campeões.

Nisso chega meu amigo Luc, que precisa me entregar uns livros. Apresento-o a Camilo. Luc se senta com a gente por alguns minutos e pergunta a Camilo, em seu espanhol extravagante, se é um exilado. Não mais, responde Camilo. Ou sim. Não sei mais. Luc diz para irmos, mas sinto que devo ficar. Digo para nos encontrarmos mais tarde.

Não fizeram nada comigo, Camilo diz, quando ficamos sozinhos de novo. Dissera para o filho que nunca havia sido torturado, embora tivesse ficado preso por vários meses. Eles me torturaram, diz agora para mim. Mas não quero falar disso. Fizeram um monte de merda comigo, mas estou vivo. Pude sair, começar de novo. Ambos caímos em um silêncio custoso. Ambos pensamos em Camilo. Eu me lembro da loja de discos, da música dos Talking Heads, talvez a cantarole mentalmente. "I was born in a house with the television always on / Guess I grew up too fast / And I forgot my name."

Agora caminhamos pela Prinsengracht, faz frio. Sem querer, começo a contar as bicicletas que passam disparadas pela rua. Cinquenta, sessenta, cem. O silêncio parece definitivo. Sinto que vamos nos despedir a qualquer momento. Vou indo, diz, justamente nesse instante.

Diz para o Hernán me perdoar, ele pede. Garanto que já o perdoou, há muitos anos, que aquilo não tem importância. Pedimos para um garoto tirar uma foto nossa com meu telefone. Enquanto posamos, planejo telefonar para meu pai amanhã, falaremos longamente sobre Camilo pai, e também lembraremos, como às vezes costumamos fazer, daquela noite horrível, no começo de 1994, em que a tia July nos ligou para dizer que o Camilo havia sido atropelado, e a desgraçada semana em que esteve a ponto de sobreviver, mas não sobreviveu.

Sem saber por que, pergunto a ele, ao final, como soube da morte de Camilo. Fiquei sabendo oito dias depois, diz. July sabia como me encontrar, mas não quis. Estamos de pé, olhando para o chão, numa esquina onde há uma loja de luminárias. Vi isso várias vezes esses dias em Amsterdã: vitrines cheias de luminárias acesas à noite. Estou prestes a dizê-lo, para mudar de assunto. Então ele repete – por favor, diz para o Hernán me perdoar pelo gol contra. Vou dizer, respondo. Quando nos despedimos ele me abraça e começa a chorar amargamente. Penso que a história não pode terminar assim, com Camilo pai chorando por seu filho morto, seu filho quase desconhecido. Mas é assim que termina.

Lembranças de um computador pessoal

para Ximena e Héctor

Foi comprado no dia 15 de março de 2000, por quatrocentos e oitenta mil pesos, pagos em trinta e seis parcelas mensais. Max tentou acomodar as três caixas no porta-malas de um táxi, mas não havia espaço suficiente, de modo que teve de usar fitilhos e até um elástico com ganchos para segurá-las, mesmo o trajeto sendo curto, de apenas dez quarteirões até a Plaza Italia. Uma vez no apartamento, Max instalou a pesada CPU embaixo da mesa de jantar, dispôs os cabos de maneira mais ou menos harmônica e brincou como uma criança com os sacos e isopores da embalagem. Antes de inicializar solenemente o sistema, deu-se um tempo para olhar o conjunto com calma, fascinado: o teclado lhe pareceu impecável, o monitor perfeito, e pensou até que o mouse e as caixas de som eram, de algum modo, agradáveis.

Era o primeiro computador de sua vida, aos vinte e três anos, e não sabia bem para que o queria, se o que conseguia fazer com ele era apenas ligar e abrir o processador de texto. Mas era necessário ter um computador, todo mundo dizia isso, inclusive sua mãe, que prometeu ajudá-lo a pagar as parcelas. Trabalhava como professor substituto na faculdade, talvez pudesse digitar ali alguns fichamentos, ou transcrever aquelas anotações já velhas, escritas à mão ou digitadas com tanto esforço numa antiga máquina Olympia, com a qual também escrevera todos os seus trabalhos da graduação, provocando as risadas ou a admiração de seus colegas, porque quase todos já haviam migrado para os computadores.

A primeira coisa que fez foi transcrever os poemas que havia escrito nos últimos anos, textos curtos, elípticos, incidentais, que ninguém achava bons, mas que tampouco eram ruins. Algo acontecia, no entanto, ao ver aquelas palavras na tela, palavras que faziam tanto sentido em seus cadernos: duvidava das estrofes, deixava-se levar por outro ritmo, talvez mais visual que musical, mas em vez de perceber esse deslocamento como uma experiência, retraía-se, frustrava-se, e ocorria com frequência que apagasse tudo e começasse de novo, ou que perdesse tempo mudando as fontes ou movimentando o ponteiro do mouse de um extremo ao outro da tela, em linhas retas, diagonais, em círculos. Não abandonava seus cadernos e sua pena, com a qual, no primeiro descuido, regou com tinta o teclado, que, além do mais, teve de suportar a presença ameaçadora de incontáveis xícaras de café, e uma persistente chuva de cinzas, porque Max quase nunca conseguia chegar até o cinzeiro, e fumava muito enquanto escrevia, ou melhor, escrevia pouco enquanto fumava muito, pois sua velocidade como fumante era notavelmente maior que sua velocidade como escritor. Anos mais tarde, o acúmulo de sujeira provocaria a perda da vogal *a* e da consoante *t*, mas é melhor, por ora, respeitar a sequência dos fatos.

Graças ao computador, ou por culpa dele, sobreveio-lhe uma solidão nova. Não via mais as notícias, não perdia mais tempo tocando violão ou desenhando: ao voltar da faculdade, ligava imediatamente o computador e começava a trabalhar ou a explorar as possibilidades da máquina. Logo descobriu programas muito simples que produziam resultados incríveis para ele, como a gravação de voz através de um microfone raquítico que comprou na casa Royal, ou a reprodução aleatória de músicas – contemplava com orgulho a pasta Minhas músicas, onde agora estavam os vinte e quatro CDs que tinha em casa. Enquanto ouvia essas músicas, impressionado com o fato de uma balada de Roberto Carlos ser sucedida por algo do Sex Pistols, continuava com seus poemas, que nunca considerava terminados. Às vezes, na falta de um aquecedor, Max tentava fugir do frio se encostando, de joelhos, na CPU, cujo leve rugido se juntava ao ronco da geladeira e às vozes e buzinas que vinham de fora. Não se interessava pela internet, desconfiava da internet; embora na casa de sua mãe um amigo tivesse criado uma conta de e-mail para ele, negava-se a conectar o computador e também a inserir aqueles disquetes tão perigosos, potenciais portadores de vírus que, como diziam, poderiam arruinar tudo.

As poucas mulheres que visitaram o apartamento durante esses meses iam embora antes do amanhecer, não ficavam nem para um banho ou para tomar café da manhã, e não voltavam. Mas no começo do verão houve uma que ficou para dormir e depois também para o café da manhã: Claudia. Uma manhã, ao sair do chuveiro, Claudia se deteve em frente à tela apagada, como procurando em si rugas incipientes ou outras marcas ou manchas fugazes. Seu rosto era moreno, os lábios mais finos que grossos, o pescoço comprido, as maçãs do rosto proeminentes, os olhos um pouco puxados, verde-escuros, o cabelo descia até os ombros molhados: as pontas dele pareciam alfinetes cravados nos ossos. Seu corpo cabia duas vezes na toalha que ela mesma levara para a casa de Max. Semanas mais tarde Claudia levou também um espelho para o banheiro, mas mesmo assim continuou se olhando na tela, apesar de ser difícil enxergar ali, no reflexo opaco, algo além dos contornos de seu rosto.

Depois de transar, Max costumava adormecer, enquanto Claudia ia para o computador e jogava rápidas rodadas de paciência, cautelosas sessões de campo minado ou partidas de xadrez no nível intermediário. Às vezes ele acordava e ficava a seu lado, dando conselhos para a próxima jogada ou fazendo carinho no cabelo e nas costas dela. Com a mão direita Claudia apertava o mouse como se alguém fosse tentar tirá-lo dela, como se o mouse fosse uma carteira que alguém estivesse tentando roubar, mas embora cerrasse os dentes e arregalasse exageradamente os olhos, a cada tanto deixava escapar uma risadinha nervosa que autorizava, que pedia mais carinho. É provável que jogasse melhor quando ele estava por perto. Ao terminar a partida, sentava em cima de Max para iniciar um sexo lento e demorado. O protetor de tela caía em linhas inconstantes sobre os ombros, as costas, as nádegas, as coxas suaves de Claudia.

Tomavam café na cama, mas às vezes abriam espaço na mesa para – dizia ela – tomar café da manhã como Deus manda. Max desconectava o teclado e o monitor e os colocava no chão, sucetíveis a serem pisados e ao impacto de minúsculos farelos de pão, mas a cada tanto Claudia limpava o computador com limpa-vidros e panos de prato. Em tudo isso, o comportamento da máquina era exemplar: durante todo esse tempo, o Windows sempre inicializou corretamente.

No dia 30 de dezembro de 2001, quase dois anos depois de ter sido comprado, o computador foi levado para um apartamento um pouco maior, no bairro de Ñuñoa. O entorno dele agora era mais favorável: ganhou quarto próprio, e montaram, com uma porta antiga e dois cavaletes, uma escrivaninha. Das rodadas de paciência e das intermináveis partidas de xadrez, Claudia partiu para atividades mais sofisticadas – conectou uma câmera digital, por exemplo, que continha dezenas de fotos de uma viagem recente, que, se não podia ser considerada propriamente uma lua de mel, porque Max e Claudia não eram casados, tinha cumprido essa função. Nessas imagens ela posava com o mar ao fundo, no interior de uma casa de madeira com sombreiros mexicanos, crucifixos enormes e conchas que faziam as vezes de cinzeiros. Claudia saía séria nas fotos, ou segurando a risada, nua ou com pouca roupa, fumando maconha, bebendo, cobrindo os peitos ou exibindo-os maliciosamente ("seu rosto irresistível de tão quente", escreveu ele numa tarde de sexo e de hendecassílabos). Havia também fotos que mostravam unicamente as pedras ou as ondas ou o sol se pondo no horizonte, como cartões-postais ou imitações de cartões-postais. Max aparecia em apenas duas fotos, e os dois apareciam juntos em apenas uma, abraçados, sorrindo, com o típico fundo de um restaurante costeiro. Claudia passou dias organizando essas imagens – renomeava os arquivos com frases talvez longas demais, que normalmente terminavam em pontos de exclamação ou reticências, e em seguida as distribuía em várias pastas, como se pertencessem a viagens diferentes, mas depois voltava a colocar todas juntas, pensando que dali a alguns anos haveria muitas outras pastas, cinquenta, cem pastas com as fotos de cem futuras viagens, pois desejava uma vida cheia de viagens e de fotografias. Também passava horas tentando passar do nível cinco num jogo da Pantera Cor-de-rosa que veio de brinde com o detergente. Quando se desesperava, Max tentava ajudá-la, embora sempre tivesse sido péssimo em jogos eletrônicos. Quem os visse ali, tão concentrados e tensos diante da tela, teria a impressão de que estavam resolvendo problemas dificílimos, urgentes, que determinariam o futuro da pátria ou do mundo.

Nem sempre coincidiam em casa, porque Max agora tinha um trabalho noturno – perdera o concurso de professor substituto, ou, melhor dizendo, a nova namorada do professor titular havia ficado com a vaga ("você sabe como são essas coisas") –, e Claudia era corretora de seguros e também fazia alguma especialização ou pós-graduação ou extensão ou talvez fosse apenas o último ano de alguma eterna graduação. Às vezes ficavam um ou dois dias sem se ver – Claudia ligava para o trabalho dele e se falavam por muito tempo, pois o trabalho de Max consistia, justamente, em falar ao telefone, ou em esperar remotas ligações telefônicas que nunca chegavam. Parece que seu verdadeiro trabalho é falar ao telefone comigo, Claudia disse uma noite, com o fone de ouvido caindo em seu ombro direito. Depois riu com uma espécie de chiado, como se quisesse tossir e a tosse não saísse ou tivesse se misturado à risada.

Assim como Max, ela preferia escrever à mão e depois passar seus trabalhos para o computador. Eram documentos compridos, que apresentavam frequentes erros de transcrição e fontes juvenis. Os documentos abarcavam temas relacionados à gestão cultural ou a políticas públicas ou a florestas nativas ou algo assim. Tornou-se necessário para ela pesquisar na internet, e essa foi a grande mudança daquele tempo, que provocou a primeira grande discussão do casal, porque Max continuava se negando a dar esse passo, definitivamente não queria saber de páginas web nem de antivírus, mas teve que ceder. Depois houve uma segunda discussão exaltada, uma noite em que Max ligou insistentemente, por horas, mas a linha estava ocupada. Compraram um celular, porém era caríssimo manter aquelas conversas, razão pela qual precisaram arranjar uma segunda linha telefônica, exclusiva para a conexão.

Até então nenhum dos dois havia se familiarizado com o e-mail, ferramenta em que mais cedo ou mais tarde ficariam viciados, mas o maior vício que Max contraiu, e que iria perdurar, foi o da pornografia, o que provocou a terceira grande discussão do casal, mas também várias experiências novas, como as desconcertantes (para Claudia) ejaculações no rosto, ou a obsessão pelo sexo anal, que no começo causou discussões áridas, mas que no fim se mostraram proveitosas, sobre os possíveis limites do prazer.

Foi nessa época que perderam a vogal *a* e a consoante *t*. Claudia tinha que entregar um trabalho com urgência, de modo que tentou prescindir dessas letras, e Max, que em algum momento havia tentado fazer poemas de vanguarda, quis ajudá-la, mas não deu certo. No dia seguinte conseguiram um teclado bastante bom, preto, com uns charmosos botões multimídia cor-de-rosa que, entre outras funções, permitiam dar o play ou pausar a música instantaneamente, sem que fosse necessário recorrer ao mouse.

Havia meses, no entanto, que começavam a aparecer sinais de um desastre maior, muitas demoras inexplicáveis, algumas breves e reversíveis, outras tão prolongadas que era preciso se resignar e reiniciar o sistema. Aconteceu num sábado chuvoso, um que deveriam ter passado tranquilos, vendo tevê ou comendo *sopaipillas*, no pior dos casos movendo os baldes e as panelas de goteira em goteira, mas precisaram dedicar o dia inteiro a consertar, ou tentar consertar o computador, com mais vontade que método.

No domingo Max chamou um amigo que estudava engenharia. Ao fim da tarde, duas garrafas de pisco e cinco latas de Coca-Cola dominavam a escrivaninha, mas ninguém ainda estava bêbado, pareciam mais frustrados pelo conserto custoso, que o amigo de Max atribuía a algo muito estranho, nunca antes visto. Mas talvez estivessem bêbados sim, ou ao menos o amigo de Max estava, porque de repente, numa manobra infeliz, apagou todo o disco rígido. Vocês perderam tudo, mas a partir de agora ele vai funcionar melhor, disse o amigo, como se nada tivesse acontecido, com uma frieza e uma coragem dignas de um médico que acaba de amputar uma perna. Foi culpa sua, seu imbecil, respondeu Claudia, como se de fato tivessem lhe cortado, por pura negligência, uma perna, ou talvez as duas. Max ficou em silêncio e a abraçou de maneira protetora. O amigo deu um último e exagerado gole em sua *piscola*, conseguiu ainda pegar alguns cubinhos de queijo gouda e foi embora.

Claudia custou a aceitar a perda e arrumou um técnico de verdade, que mudou o sistema operacional e criou perfis diferentes para os dois usuários, e inclusive uma conta simbólica, a pedido de Claudia, para Sebastián, o negligenciado filho de Max. É verdade, deveria ter sido antes, foi preciso passar quase duas mil palavras para que a história viesse à tona, mas é que com frequência Max esquecia da existência do menino: nesses últimos anos ele o tinha visto somente uma vez, e apenas por dois dias. Claudia nem sequer o conhecia, porque Sebastián morava em Temuco. Ela não conseguia entender a situação, que se tornara, obviamente, o ponto obscuro ou o ponto cego de sua relação com Max. Era melhor não tocar no assunto, porém, ainda assim, ele surgia de vez em quando, em discussões ferozes que terminavam com os dois chorando, e dos dois quem mais chorava era ele – chorava com raiva, com ressentimento, com vergonha, e seu rosto depois endurecia, como se as lágrimas tivessem sido sedimentadas em sua pele; é uma metáfora comum, mas de fato, depois do choro, sua pele parecia mais densa e escura.

Nem tudo era tão terrível. Quando, com um dinheiro que seus pais deram, Claudia comprou uma multifuncional prodigiosa – que imprimia, escaneava e até xerocava –, ela se dedicou apaixonadamente a digitalizar extensos álbuns familiares, em sessões que para ela eram divertidíssimas, pois, mais que registrar o passado, propunha-se a modificá-lo: distorcia os rostos de parentes antipáticos, apagava alguns personagens secundários e incluía outros convidados inverossímeis, como Jim Jarmusch na festa de aniversário dela, ou Leonard Cohen junto a ela tomando a primeira comunhão, ou uma viagem a San Pedro de Atacama com seus amigos Sinéad O'Connor, Carlos Cabezas e o deputado Fulvio Rossi – as montagens não eram lá muito boas, mas arrancavam risadas das amigas e das primas.

E assim se passou mais um ano.

Agora Max trabalhava de manhã, e com isso teoricamente estariam mais tempo juntos, mas perdiam boa parte desse tempo disputando o computador. Ele reclamava que não conseguia mais escrever quando vinha uma inspiração, o que era mentira, porque continuava usando os velhos cadernos para seus eternos rascunhos de poemas, pois ainda sentia que ao transcrevê-los eles se estragavam, se perdiam. Adotara, por outro lado, o hábito de escrever longuíssimos e-mails para pessoas que não via há anos e de quem agora sentia, ou pensava sentir, saudades. Algumas dessas pessoas moravam relativamente perto ou não muito longe e Max também tinha o telefone delas, mas preferia escrever-lhes cartas – eram mais cartas que e-mails, ainda não entendia a diferença: escrevia textos melancólicos, hiperbólicos, memorialísticos, o tipo de mensagem cuja resposta se adia indefinidamente, embora às vezes recebesse respostas igualmente elaboradas, contaminadas também por uma nostalgia superficial e lamentosa.

Chegou o verão e também chegou Sebastián, após meses de delicadas negociações. Os dois foram buscá-lo em Temuco, de ônibus, nove horas para ir, quase dez para voltar. O menino acabava de fazer oito anos; a leve e prematura sombra de um bigode conferia--lhe um aspecto cômico de adulto. Nos primeiros dias Sebastián falava pouco, sobretudo se era o pai que lhe dirigia a palavra. Dos intensos passeios ao zoológico, à Fantasilandia e à piscina, passaram às tardes quentes dentro de casa, e quem sabe encerrados ficassem melhor do que naqueles lugares teoricamente divertidos. Seba aproveitava que tinha o próprio usuário no computador para passar tardes no Messenger, sem restrições, em intermináveis chats com seus amigos temucanos. Rapidamente demonstrou seus conhecimentos sobre computadores, que não eram surpreendentes, pois era um menino que, como tantos, havia sido familiarizado desde muito pequeno com os computadores, mas Claudia e Max se impressionavam com tamanha habilidade. Com precisão e um pouco de tédio, o menino os orientou na escolha de um novo antivírus e até advertiu sobre a necessidade de desfragmentar o disco periodicamente. Quanto ao jogo da Pantera Cor-de-rosa, nem é preciso dizer: zerou-o com uma rapidez alucinante, muitas vezes, e talvez essas duas ou três tardes inteiras que Sebastián passou ensinando a Claudia e a seu pai os truques e a lógica daquele jogo para ele tão básico, tão chato, tenham sido os momentos mais gloriosos e plenos daquelas férias. Nunca tinha estado, isso é certo, tão próximo de seu pai, e ele e Claudia se tornaram, por assim dizer, amigos. Ela dizia que ele era um menino valioso. E Sebastián achava Claudia linda.

Foram todos juntos de volta a Temuco. A viagem foi alegre, com promessas de reencontros e presentes. Mas o trajeto de volta se mostrou sombrio e exaustivo, perfeito prelúdio para o que estava por vir. Porque quase em seguida, talvez no exato momento em que abriram a porta do apartamento, a vida entrou num marasmo irreversível. Talvez incomodado pelas conclusões e conselhos que Claudia vira e mexe soltava ("você conseguiu ele de volta, mas agora tem que manter ele por perto", "vai perder ele de novo se não mantiver contato", "a mãe do Seba é uma mulher ótima") ou simplesmente por estar de saco cheio dela, Max se ensimesmou, se retraiu. Não escondia seu incômodo, mas tampouco explicava seu estado de ânimo, e ignorava as constantes perguntas de Claudia, ou as respondia sem vontade ou com monossílabos.

Uma noite chegou em casa bêbado e dormiu sem sequer dar um oi para ela. Claudia não sabia o que fazer. Foi até a cama, abraçou-o, tentou dormir a seu lado, mas não conseguiu. Ligou o computador, navegou pela internet e passou duas horas jogando Pac Man com as setas do teclado. Depois chamou um táxi e foi até o mercado comprar vinho branco e cigarros mentolados. Bebeu metade da garrafa na mesinha da sala, olhando as rachaduras do piso laminado, as paredes brancas, as ínfimas porém numerosas marcas dos dedos nos interruptores – meus dedos, pensou, mais os dedos de Max, e mais os dedos de todas as pessoas que em algum momento acenderam as luzes deste apartamento. Depois voltou ao computador, escolheu o usuário de Max e, como havia feito tantas vezes, testou as senhas óbvias, em maiúsculas, em minúsculas – *charlesbaudelaire*, *nicanorparra*, *anthrax*, *losprisioneros*, *starwars*, *sigridalegria*, *blancalewin*, *matadouro5*, *laetitiacasta*, *juancarlosonetti*, *monicabellucci*, *umaconfrariadetolos*. Fumou ansiosamente um cigarro, cinco cigarros, enquanto atinava com uma angústia nova, que crescia e decrescia num ritmo inconstante. Pensou muito numa cartada também óbvia, que por modéstia ou baixa autoestima nunca havia tentado, e acabou conseguindo: escreveu *claudiatoro* e o sistema respondeu na mesma hora. O programa de e-mail estava aberto, não pedia senha. Deteve-se, encheu a taça de vinho, esteve a ponto de desistir, mas já estava ali, diante da temida caixa de entrada e diante do ainda mais temido registro de mensagens enviadas. Não tinha volta.

Leu fora de ordem mensagens no fundo inocentes, mas que lhe eram doídas – tantas vezes a palavra *querida*, tantos abraços ("um abraço grande", "dois abraços", e outras fórmulas talvez mais originais, como "seu abraço", "meu abraço", "te abraço", "te abraça"), tantas referências ao passado, e uma vagueza suspeitosa quando falava do presente, do futuro. Também apareciam flertes fugazes ou intensos que há nas contas de e-mail de todo mundo, dela mesma até, e cinco trocas de mensagens que falavam mais explicitamente de encontros com mulheres que ela desconhecia. Mas o que mais lhe doía era sua própria invisibilidade, porque ele nunca a mencionava, ou nas mensagens que ela leu ele nunca a mencionava, exceto em uma, dirigida a um amigo, em que confessava que a relação ia mal, e dizia literalmente que não tinha mais vontade de transar com ela, que terminariam a qualquer momento.

Fechou o e-mail, foi dormir de madrugada, mais embriagada de raiva que de vinho. Acordou no meio da tarde, estava sozinha: caminhou sem energia até o computador – até o quarto ao lado, mas para ela parecia como se houvesse todo um longo caminho, como se precisasse desviar de vários obstáculos para chegar àquele quarto – e em vez de ligá-lo, contemplou o brilho do sol na tela. Fechou as persianas, desejando a escuridão absoluta enquanto lágrimas caíam até o pescoço e se perdiam no sulco entre seus seios. Tirou a camiseta, olhou seus mamilos inquietos, a barriga lisa e suave, os joelhos, os dedos grudados no chão gelado. Depois limpou ou na verdade sujou a tela com as mãos molhadas pelas lágrimas. Esfregou os dedos e as costas da mão com raiva pela superfície, como se passasse um pano nela. Depois ligou o computador, escreveu uma nota breve num arquivo de Word, e começou a arrumar a mala.

Voltou no domingo seguinte para pegar alguns livros e a multifuncional. Max estava de cueca, na frente do computador, escrevendo um e-mail enorme para Claudia em que falava sobre mil coisas e pedia perdão, mas de uma forma elíptica, com frases que na verdade transpareciam seu desconcerto ou sua mediocridade. Havia na escrivaninha um monte de rascunhos da carta, sete ou oito folhas de papel-ofício, e enquanto ele dizia que era injusto, que não conseguira terminar a carta, que estava cheia de erros, que ele tinha dificuldade de dizer as coisas com clareza, Claudia lia as diversas versões daquela mensagem não enviada, e reparava como uma frase clara se tornava ambígua no rascunho seguinte, como os adjetivos mudavam, como Max cortara e colara procurando efeitos que ela achava sórdidos, como tinha se divertido mudando a entrelinha, o tamanho da fonte, o espaçamento entre os caracteres, talvez achando que Claudia iria perdoá-lo se a mensagem parecesse mais longa – pensava nisso quando ele a puxou com força, tomando-a pelos pulsos, sabendo o quanto ela odiava ser puxada pelos pulsos: naquela luta acabou tocando nos seios dela e ela respondeu com quatro tapas, mas ele reagiu, conseguiu dobrá-la e virá-la, para então meter o pau à força em seu cu, com uma violência que nunca havia demonstrado. Claudia arrancou o teclado e tentou se defender, sem êxito. Depois, dois minutos depois, Max ejaculou um sêmen escasso, e ela pôde se virar e olhar para ele fixamente, como insinuando uma trégua, mas em vez de abraçá-lo, deu-lhe uma joelhada no saco. Enquanto Max se contorcia de dor, ela desconectou a multifuncional e pediu o táxi que a levaria para longe daquela casa para sempre.

Max sentiu um alívio imenso, porém efêmero. Para ela, o alívio tardou em chegar, mas foi definitivo, pois quando três meses depois se encontraram na escadaria da Biblioteca Nacional, e ele, sem o menor senso de decoro e completamente entregue, lhe pediu que voltassem, não houve jeito.

Voltou para casa triste e furioso, ligou, por costume, o computador, que há alguns dias voltara a falhar, e dessa vez era definitivo, ou ao menos foi isso o que Max pensou – vou dá-lo para alguém, não importa o que tenha dentro, disse ao amigo engenheiro, no dia seguinte, que se ofereceu para comprá-lo por um preço ridículo. Nem a pau, respondeu Max. Vou dá-lo para meu filho. Com má vontade, o amigo formatou novamente o disco rígido.

Naquela sexta à noite, Max partiu rumo a Temuco. Não teve tempo para embalar o computador, de modo que colocou o mouse e o microfone nos bolsos, a CPU e o teclado embaixo do assento, e viajou as nove horas com a tela pesada em cima das pernas. As luzes da estrada cobriam seu rosto, como se estivessem chamando-o, convidando-o, culpando-o por algo, por tudo.

Max não sabia andar em Temuco e não tinha anotado o endereço. Num táxi, perambulou um pouco pela cidade até dar com uma rua que acreditava recordar. Chegou às dez da manhã, num estado de zumbi. Ao vê-lo, Sebastián perguntou por Claudia, como se a surpresa não fosse a estranha presença de seu pai, e sim a ausência da namorada dele. Não pôde vir, respondeu Max, ensaiando um abraço que não sabia como dar. Terminaram? Não, não terminamos. Ela não pôde vir, só isso: os adultos têm que trabalhar.

O menino agradeceu o presente com enorme educação, sua mãe recebeu Max amavelmente e disse que poderia ficar e dormir no sofá. Mas ele não queria ficar. Provou um pouco do chimarrão amargo que a mulher oferecia, devorou uma empanada de queijo e partiu para a rodoviária para pegar o ônibus de meio-dia e meia. Estou muito ocupado, com muito trabalho, disse, antes de entrar de volta no mesmo táxi que o havia levado. Bagunçou o cabelo de Sebastián de maneira abrupta e deu-lhe um beijo na testa.

Quando ficou sozinho, Sebastián instalou o computador e comprovou o que já suspeitava: era muito inferior, em todos os quesitos, em relação àquele que possuía. Depois do almoço, ele e o marido da mãe riram muito daquilo. Depois os dois abriram espaço no subsolo para guardar o computador, que continua lá desde então, à espera, como se diz, de tempos melhores.

Verdadeiro ou falso

para Alejandra Costamagna

Trouxe esse gato pra você ter algo seu aqui, disse Daniel, repetindo a frase do psicólogo, e Lucas mostrou um entusiasmo que parecia novo, inesperado. Na casa de sua mãe – "minha casa verdadeira", dizia o menino – havia um jardim onde um gato ou um cachorro pequeno viveria feliz, mas Maru era, nesse quesito, inflexível: cachorro não, gato não. De agora em diante, a cada duas semanas, o menino passaria alguns dias com o gato. Deram-lhe o nome de Pedro e depois, quando descobriram que na verdade era uma gata e estava prenha, Pedra.

A coisa do verdadeiro ou falso vinha do colégio, eram os únicos exercícios de que ele gostava, os únicos em que se dava bem, e estava empenhado em aplicar essas categorias a tudo, caprichosamente: a casa de Maru era sua casa verdadeira, mas por algum motivo julgava que a sala dessa mesma casa era falsa – e os sofás da sala eram verdadeiros, mas a porta e todas as luminárias eram falsas.

Apenas alguns de seus brinquedos eram verdadeiros, mas nem sempre preferia esses aos outros, porque a falsidade não implicava menosprezo: os poucos dias que passava com o pai, por exemplo, na casa falsa, consistiam numa contundente maratona de nintendo, pizza e batatas fritas.

Às vezes era silencioso, tranquilo, um pouco ausente: parecia absorto em pensamentos incomunicáveis. Mas outras vezes não parava de fazer perguntas, e embora com seus nove anos Lucas começasse a se aproximar bastante do que se esperava dele – que fosse, simplesmente, uma criança normal –, seu pai não correspondia, não sabia bem como tratá-lo. Daniel era o que se chamaria de um homem normal, porque havia se casado, tivera um filho, vivera e aguentara alguns anos em família, e depois, como fazem todos os homens normais, se separou. Também era normal que de vez em quando tentasse negociar a pensão alimentícia, que atrasasse o depósito, por pura distração, já que não tinha problemas financeiros.

Daniel morava no décimo primeiro andar de um edifício em que eram proibidos animais, mas Pedra era discreta: passava horas lambendo suas patas pretas reluzentes e, daquela varanda um pouco suja, olhando para a rua. No momento não precisava de nada além de sua tigela d'água e de um punhado de ração, que comia sem avidez após olhar para os recipientes por alguns minutos, como se estivesse decidindo se realmente valia a pena se alimentar. Daniel nunca gostou de gatos, tivera alguns quando pequeno, mas pertenciam mais a seus irmãos. E no entanto estava disposto a fazer o esforço – um gato é uma boa companhia, pensava, confiando na imagem abstrata do homem solitário, embora ele não fosse exatamente um homem solitário, ou talvez o fosse, mas não achava que a solidão fosse algo inconveniente. Tivera companhia demais durante os anos em que foi casado: deixou sua mulher por isso, pensava, por uma necessidade de silêncio. Me separei da minha mulher por motivos de silêncio, diria Daniel, fazendo certo charme, se alguém lhe perguntasse agora, mas ninguém mais lhe pergunta por que seu casamento terminou, e em todo caso a resposta não seria verdadeira, nem falsa: precisava de silêncio, mas também queria se salvar, tentava se salvar, ou talvez se proteger de uma vida que nunca tinha desejado.

Talvez houvesse desejado, sim, em algum momento, ser pai, mas era um desejo ingênuo, peregrino. Nos anos em que viveram juntos ("como uma família"), teve que ser demasiadamente pai. Tudo tinha significado, cada gesto, cada frase levava a alguma conclusão ou ensinamento, e também o silêncio, é claro: precisava ser tão cuidadoso com as palavras, tão invariavelmente cauteloso, tão tristemente pedagógico: precisava se comportar como um filtro, como uma coisa, como um morto. Podia ser um pai melhor à distância, pensava, e esse pensamento não continha derrota, nele não havia um traço sequer de derrota.

Seu plano era dizer ao menino que os gatos haviam morrido ao nascer. Ia afogá-los, sem pensar muito, como ouvira dizer que se fazia: jogá-los na privada, puxar a descarga, esquecer imediatamente essa amarga cena secundária. Mas teve o azar de que nascessem justo num dia em que o menino estava em casa.

Não podemos ficar com eles, Lucas, disse naquela tarde.

Claro que podemos, respondeu o menino. Daniel olhou para seu filho: pensou que eram parecidos, ou que seriam parecidos no futuro, o queixo ligeiramente partido, o mesmo cabelo encaracolado e preto. Ajudou-o a colocar uma cinta que o médico havia prescrito para corrigir a escoliose. Também usava aparelho nos dentes e uns óculos que faziam seus olhos escuros parecerem ainda maiores e seus cílios ainda mais compridos.

Você tem dever de casa?, perguntou a ele.

Tenho.

E quer fazer?

Não.

O que fizeram, então, foi oferecer os gatos para pessoas por telefone e redigir um e-mail que Daniel mandou a todos os seus contatos. Quando deixou Lucas na casa verdadeira, entrou numa áspera discussão em que tentava convencer a ex-mulher de que, por causa de alguma cláusula nebulosa, era ela quem deveria ser responsável pelas crias.

Às vezes esqueço que você é desse jeito, disse Maru.

E como eu sou?

Maru ficou calada.

Nas semanas seguintes, os gatos abriram os olhos e começaram a se arrastar penosamente pela sala. Eram cinco: dois pretos, dois cinza e um quase totalmente branco. Para não repetir o erro de Pedro, isto é, de Pedra, Lucas decidiu não dar nomes a eles. Agora a única coisa que queria era ir com mais frequência para a casa do pai. Para Daniel, aquilo era um triunfo, mas um triunfo incômodo.

Uma quinta-feira, de improviso, às sete da noite, Lucas chegou, sem avisar, pela primeira vez. Cinco minutos depois Maru apareceu, ofegante após subir os onze andares de escada. Odiava elevadores, odiava que Daniel morasse num décimo primeiro andar, e não apenas pela segurança do menino ou por sua própria fobia, mas principalmente porque lembrava, com insistência, da remota noite em que Daniel lhe prometera que não haveria elevadores, que sempre viveriam, como se diz, com os pés no chão.

Maru se desculpou pela visita, estávamos aqui por perto, disse, o que era completamente inverossímil, pois moravam do outro lado da cidade.

Por um momento achei que o menino tinha vindo sozinho, disse Daniel.

Como sozinho?

Sozinho.

Você está maluco?

Não.

Daniel pôs um pão na torradeira e passou um café que tomaram em silêncio enquanto o menino dividia as nacionalidades: o gato branco ou quase branco era argentino, os gatos pretos eram brasileiros e os gatos cinza eram chilenos.

Graças aos e-mails coletivos, Daniel retomou contato com uma ex-colega de faculdade, que veio uma noite com a desculpa de adotar um gato. Dormiram juntos logo nessa primeira vez e foi bom ou mais ou menos bom, como disse ela, na manhã seguinte – "gostei mesmo assim", acrescentou rapidamente, mas Daniel achou o comentário agressivo. É muito raro isso que aconteceu com você, ela disse depois – tinha o costume de mudar de assunto a cada vez que acendia um cigarro: o que aconteceu com você é raríssimo, o normal é as pessoas acharem que os gatos são gatas, e não ao contrário.

Como é?

Isso, que o normal é que não dê pra ver bem a pica deles. Você viu uma pica que não existia na Pedra, disse a mulher, que mal começou a rir da própria piada e já estava soltando outra: ela se chama Pedra e você é o *padre* dela.

Daniel riu com atraso, irritado. Por que você fala *pica?*, perguntou depois.

Não pode?

Mulheres não falam *pica*.

Mas o que você enfiou em mim ontem de noite se chama *pica*, disse ela. E o que a Pedra não tem se chama *pica*.

Para Daniel aquilo soou como uma vulgaridade artificial. Antes de ir embora, a mulher garantiu a ele que voltaria mais tarde para pegar o gato, razão pela qual, num rompante de otimismo, Daniel achou que a cena se repetiria vez após outra: a cada tarde sua amiga viria para pegar um gato e iria embora de madrugada. Mas não foi assim, não mesmo. Ela nunca voltou, nem ligou, nem escreveu.

Alguém espalhou o boato de que havia gatos no edifício, de modo que Daniel teve de subornar os porteiros com uma garrafa de pisco e umas apropriadas caixas de Gato Negro, só pela piada. Depois gastou muitos uísques para neutralizar os vizinhos de fundo, um dramaturgo catalão e sua esposa. Gostamos muito do país e o bairro é muito limpo, disseram os dois, quase em uníssono, como se competissem num desses concursos que medem a harmonia matrimonial, enquanto Pedra farejava os convidados e os filhotes cochilavam amontoados numa caixa de sapatos. Tinham vindo para o Chile, disse o dramaturgo, para ficar perto da filha, que acabara de ser mãe, a mulher passava muito tempo com a neta, ele costumava ficar em casa, precisava de um pouco de solidão e de inspiração, explicou.

Solidão e inspiração, pensou Daniel, deitado na cama. Ele já tinha solidão e nunca precisara de inspiração, mas ao escutar o dramaturgo pensou que talvez fosse justamente isso que faltava a ele: inspiração. Seu trabalho, no entanto, era muito simples, quase mecânico: um advogado não precisa de inspiração, e sim de paciência para aguentar seus chefes e sem dúvida de inteligência e sutileza para puxar o tapete deles, e talvez também imaginação, mas apenas imaginação prática, disse a si mesmo, como que resolvendo para sempre um problema gigantesco.

Eu só busco inspiração na hora de bater punheta, pensou mais tarde, acordado, evocando a felicidade de uma mesa repleta de bons amigos que festejariam essa frase, e em seguida começou a se masturbar se inspirando, primeiro, na esposa do dramaturgo, especialmente em suas pernas, e depois naquela amiga que nunca voltou, e finalmente em Maru, a quem ainda achava atraente, embora a imagem remetesse à juventude dela, aos primeiros anos, quando transavam em motéis, e sobretudo a uma viagem de volta pela estrada 78, quando dirigiu por uns vinte quilômetros com ela inclinada, chupando-o. Concentrou-se nessa lembrança e procedeu com pressa, com desassossego, com avidez, mas o sêmen não saía – e não saiu. Custou a se convencer de que deveria dormir logo, sem mais, com o pênis ereto e estando ainda meio bêbado.

No dia seguinte era sua vez de ficar com Lucas, mas acordou tarde e telefonou alegando dor de cabeça. Ia buscá-lo às cinco, prometeu. Também lhe prometeu que preparariam sushi, aprendi a fazer sushi, disse, e era mentira, mas Daniel gostava de soltar, do nada, essas mentiras, para se obrigar a transformá-las em realidade. Depois de dez minutos na internet, já sabia o que comprar no supermercado. Trouxe também um pacote grande de Whiskas, muito leite e garrafas de Bilz, Pap e Kem piña, pois nunca conseguia lembrar qual dos três era a bebida preferida do filho.

Esses gatos precisam de um pai, Lucas disse a ele de noite, enquanto lutava com um *roll* desastroso.

Gatos não têm pai, Daniel respondeu, vacilante. As gatas se metem com qualquer um quando estão no cio, os gatinhos nem sempre são irmãos entre si.

Como assim?

É isso mesmo, eles não são necessariamente irmãos. São meio-irmãos, por isso são de cores tão diferentes. O mais provável é que Pedra tenha se metido com três gatos: um cinza, um branco e um preto como ela.

Não faz diferença, disse Lucas, que dava sinais de ter pensado no assunto. Não faz diferença, ainda acho que esses gatos precisam de um pai.

Já temos muitos gatos, Lucas, e além de tudo eles não são que nem os seres humanos, eles têm um comportamento diferente. Os gatos pais se esquecem dos filhos, disse Daniel, temendo por um segundo uma resposta ácida, que não veio. Inclusive as mães, prosseguiu, cauteloso. Daqui a um tempo é provável que a Pedra não reconheça mais os filhos dela.

Isso eu não acredito de jeito nenhum, disse o menino, com os olhos assustados. É impossível.

Você vai ver. Agora ela procura, junta, carrega eles no focinho, fica miando desesperada quando não encontra os filhotes. Mas logo, logo vai se esquecer deles. Os animais são assim.

Parece que você sabe muito de animais, disse Lucas, num tom que Daniel não entendeu se era irônico ou inocente.

É que seus tios tinham gatos.

Mas você morava na mesma casa.

Sim, mas eles não eram meus.

Estavam no quarto, assistindo a um jogo de futebol mexicano muito lento, quase dormindo. Daniel foi até a cozinha pegar um copo d'água e ficou alguns minutos olhando para Pedra, que parecia entregue ou resignada à bagunça que os gatos faziam em suas tetas. Voltou ao quarto, o menino tinha fechado os olhos e murmurava uma espécie de ladainha – pensou que estava tendo um pesadelo e sacudiu-o levemente, tentando acordá-lo ou achando que o estava acordando.

Não estava dormindo, pai, estava rezando.
Rezando? Desde quando você reza?
Desde segunda. Segunda me ensinaram a rezar.
Quem?
A mamãe.
E desde quando ela reza?
Ela não reza. Mas me ensinou a rezar e eu gostei.

Dormiram, como sempre, juntos. Naquela noite a terra tremeu e centenas de cachorros uivaram melancolicamente, mas Daniel e Lucas não acordaram. Naquela noite se ouviu, ao longe, o estrondo de uma batida, e os ecos mais próximos dos vizinhos que discutiam ou conversavam ou que talvez ensaiavam um diálogo em que duas pessoas discutiam ou conversavam. Mas dormiram bem, tomaram café melhor ainda, passaram a manhã jogando *Double Dragon*.

Tenho certeza de que os filhos da Pedra são verdadeiros, Lucas disse depois, no parque, para o pai.

Sem dúvida são verdadeiros, mas não totalmente verdadeiros, isso você pode ter certeza. Uma amiga me disse, há pouco tempo, que era estranha essa confusão que a gente fez. O normal, segundo ela, é achar que as gatas são gatos, e não que os gatos são gatas.

Não entendi, disse o menino.

Eu também não entendo muito, é complicado. Esquece.

Esquecer a sua amiga?

Isso, a minha amiga, disse Daniel, sem paciência.

Daniel convidou os catalães para tomar um café. Vocês têm um país maravilhoso, disse a esposa do dramaturgo, olhando para o menino. Lucas pensa que Santiago é falsa, disse Daniel aos convidados. Não, gritou o menino, o Chile é falso, Santiago é verdadeira. E Barcelona?, perguntaram. Lucas se encolheu e começou a brincar com uns papéis no chão, como se fosse mais um entre os gatos: estava de shorts, com as pernas cheias de arranhões, do mesmo jeito que os braços e a bochecha direita.

O processo de transição chileno é inacreditável, o dramaturgo disse depois, em tom de reflexão ou de pergunta. Vocês não se incomodam que o Pinochet ainda tenha tanto poder, não têm medo de a ditadura voltar?

Pensei que você achava o Chile um lugar tranquilo, respondeu Daniel.

É isso que me inquieta a respeito do processo de vocês, disse o dramaturgo, sentenciando: essa tranquilidade tão grande, tão civilizada. Depois desfiou todo um discurso com palavras que fizeram Daniel se lembrar de uns ensaios que teve de ler em algum momento, numa dessas entediantes matérias eletivas na faculdade: globalização, pós-modernidade, hegemonia.

Eu votei no Aylwin e no Frei, disse Daniel, à guisa de resposta, totalmente equivocado em relação ao ponto da conversa. Quando os convidados foram enfim embora, perguntou ao menino se os catalães eram verdadeiros ou falsos. Eram estranhos, respondeu.

Naquela tarde, o gatinho branco, o argentino, se perdeu. Daniel, Lucas e Pedra procuraram-no incessantemente por quase duas horas, mas ele não apareceu. Não havia por onde ter pulado ou saído, de modo que nas semanas seguintes Daniel teve que se deslocar pela casa com extrema cautela. Ao chegar do trabalho, circulava sigilosamente pelos cômodos, sempre caminhava descalço, quase na ponta dos pés, e tomava cuidado especial ao se sentar ou recostar. Uma manhã, quase um mês depois do desaparecimento, viu o gatinho branco dormindo tranquilamente junto à mãe. Havia regressado não se sabia de onde, e ocupava seu lugar com uma naturalidade que chegou a incomodar Daniel. Ao telefone, seu filho se alegrou com a notícia, mas sem a euforia nem os gritos que o pai esperava. Por que você está falando tão baixo?, perguntou. Não quero acordar eles, respondeu o menino, ainda sussurrando.

Eles quem?

Os gatos.

Os gatos não estão dormindo, disse Daniel, com um pouco de raiva. Então você pode falar alto, sem problemas.

Não mente pra mim, pai, eu sei que eles estão dormindo.

Não, estou falando a verdade. E mesmo que estivessem dormindo, se você gritasse no telefone, eles não acordariam, isso você sabe.

Sei, sim. Tenho que desligar.

Aconteceu alguma coisa?

Era a primeira vez que o filho tomava a iniciativa de desligar o telefone. Ligou para o celular de Maru, ela se mostrou cordial, muito mais amável que de costume. Não havia nada estranho, pensou Daniel, resignado, no meio da conversa. Mas de repente, como se estivesse fingindo um pensamento casual, Maru disse a ele que talvez fosse melhor que os gatos morassem com ela.

Mas você não gosta de gatos. Tem fobia deles.

Não, não tenho fobia de gatos. Tenho fobia de elevadores, de aranhas e de pombos. Como era o nome mesmo?

De quê?

Da fobia de pombos.

Columbofobia, respondeu Daniel, sem paciência. Para de me perguntar besteira, diz logo por que você quer os gatos agora, se nunca na vida deixou o menino ter um.

É que o Lucas fala muito deles pra mim. Queria que morassem com a gente. E aí podíamos ir dando eles aos poucos, e no fim ficar só com a Pedra. Já falei com algumas amigas que se interessariam em ter um gato.

Maru e Daniel discutiram como nunca, ou melhor, como antes. Uma inexplicável virada retórica tinha conseguido inverter as coisas: nem o melhor advogado do mundo – e Daniel não era, certamente, o melhor advogado do mundo – poderia tirar de Maru o privilégio de decidir sobre a vida daqueles gatos. A negociação foi longa e cheia de idas e vindas, pois a ideia não desagradava a Daniel, mas ele detestava perder. Não amava os gatos de fato, apenas Pedra, talvez – fez o possível para ficar com Pedra, disse pelo menos dez vezes "você pode ficar com todos os filhotes, mas Pedra não sai daqui", e nas dez vezes teve de aguentar argumentos razoáveis e perigosos sobre os direitos das mães. Fica com a gatinha branca então, se quiser, disse Maru, no fim. Não sabemos se é gata ou gato, disse Daniel, pelo puro prazer de corrigi-la. Lucas acha que é gata, respondeu ela, mas tudo bem, esse não é o ponto. Quer ou não quer ficar com o gato ou a gata branca? Daniel aceitou. No dia em que transportaram os gatos para a casa verdadeira, o menino estava feliz.

Daniel ainda não decidiu que nome dar ao gato branco. Chama-o indistintamente de argentino ou argentina. Quando deita no sofá para ler o jornal, o gato se interpõe entre a página e seus olhos, arranhando seu suéter, concentradíssimo. Tive que me acostumar a ler de pé, diz, com um copo em mãos, para seus vizinhos, que vieram se despedir, em breve voltarão para Barcelona. Deve ter sido muito difícil para você perder os gatinhos, diz o dramaturgo. Nem tanto, responde Daniel. Deve ser mais difícil escrever peças de teatro, acrescenta, complacente, e depois pergunta a eles por que precisavam ir agora, pois em sua memória tinha registrado que partiriam apenas no ano seguinte. A pergunta é, por algum motivo, inapropriada, e o dramaturgo e sua mulher fixam os olhos no chão, por acaso no mesmo ponto do chão. É por algo pessoal, algo familiar, diz a mulher. E você conseguiu escrever?, pergunta Daniel, para mudar de assunto. Não muito, diz ela, como se fosse a encarregada de responder as perguntas. Daniel acha a cena ridícula, ou ao menos embaraçosa, sobretudo por essa expressão escorregadia, problemas familiares, motivos pessoais. Estava de bom humor, mas de repente se perde na situação, ou se entedia, quer que eles saiam logo. E sobre o que você queria escrever?, pergunta, sem o menor interesse.

Ele não sabe. Não sabe o tema, diz. Talvez sobre a transição.

Transição de quê?

Do Chile, da Espanha. Sobre as duas, em comparação.

Daniel imagina rapidamente uma ou duas entediantes peças de teatro, com atores velhos demais ou jovens demais vociferando como se estivessem na feira. Depois pergunta quantas páginas conseguiu escrever em Santiago.

Cinquenta, sessenta laudas, mas nada servia, responde a mulher.

E como sabe que nada disso servia?

Não sei, pergunte a ele.

Estou perguntando para ele. Todas as perguntas que fiz foram para ele. Não sei por que você as respondeu.

O dramaturgo continua com o semblante pesado. A mulher acaricia seu cabelo, sussurra-lhe algo em catalão, e depois, sem olhar para Daniel, saem da casa. Estão tristes e ofendidos, mas Daniel não liga. Sente-se, por algum motivo, furioso. Continua bebendo uísque até de madrugada, o gato argentino de vez em quando sobe, compassivo, em seu colo. Pensa no filho, sente vontade de ligar para ele, mas não liga. Pensa em juntar dinheiro para comprar uma casa na praia. Pensa em mudar algo, seja lá o que for: pintar as paredes, arrumar uns gramas de cocaína, deixar a barba crescer, melhorar seu inglês, aprender artes marciais. De repente olha para o gato e encontra um nome, um nome preciso para o gato ou gata, um nome que não depende de ser gato ou gata, mas imediatamente, por estar bêbado, esquece. Como é possível esquecer tão rápido um nome?, pensa. E não pensa mais nada, porque cai duro no tapete e só acorda na tarde seguinte. Descobre, no despontar da ressaca, que faltou ao trabalho, que não ouviu dez ou quinze chamadas telefônicas, que não checou os e-mails o dia todo. O gato dorme a seu lado, ronronando. Daniel tenta ver se o gato tem um pinto ou não. Não tem nada, diz em voz alta. Você não tem pica. É uma gata, diz, solenemente. É uma gata verdadeira.

Levanta-se, prepara um sal de frutas e toma o líquido antes de o tablete terminar de dissolver. Está com dor de cabeça, mas mesmo assim põe um disco que achou há pouco tempo, uma seleção de antigas valsas, tangos e foxtrotes que lhe fazem lembrar do avô. Enquanto toma banho e a gata brinca de perseguir a sombra na cortina do chuveiro, ele canta, à meia-voz, com mais tristeza que alegria, uma letra boba: "Una rubia se quiso matar / por mi amor / es verdad / es verdad / al saberlo después su papá gritó / y del mapa me quiso borrar".

Depois se deita na cama por alguns minutos, com a toalha na cintura, ainda molhado, como costuma fazer. O telefone toca, é o dramaturgo que quer se desculpar pelo ocorrido na última noite convidando-o para jantar. No Chile a gente não janta, no Chile a gente *come*, responde. E não quero jantar nem comer. Quero me masturbar, diz, forçando um tom imperfeito de grosseria. Pode se masturbar, rapaz, não tem problema, nós te esperamos, diz o dramaturgo, em meio a uma gargalhada. Não vou, responde Daniel, com uma gravidade melodramática: não estou sozinho.

São duas da manhã. A gata dorme em cima do teclado do computador. Daniel se olha no espelho do banheiro, talvez procurando arranhões ou hematomas. Em seguida vai se deitar e se masturba sem pensar em ninguém, mecanicamente. Espalha sêmen pelo lençol ao mesmo tempo que adormece.

Longa distância

Trabalhava à noite como telefonista, um dos melhores empregos que já tive. O salário não era bom, mas também não era miserável, e embora o lugar parecesse inóspito – um pequeno escritório na Calle Guardia Vieja, cuja única janela dava para um paredão cinza –, a verdade é que eu não passava nem frio no inverno nem calor no verão. Talvez passasse frio no verão e calor no inverno, mas isso acontecia porque nunca aprendi a mexer direito no aparelho de ar condicionado.

Era o ano de 1998, a Copa da França acabava de terminar, e pouco tempo depois, alguns meses após eu ter entrado nesse emprego, prenderam Pinochet – o chefe, que era espanhol, colocou uma foto do juiz Garzón num canto da escrivaninha e nós colocávamos flores para ele, em sinal de gratidão. Portillo era um bom chefe, um sujeito generoso, e eu o via pouco, às vezes só no dia 29, quando eu esperava, com umas olheiras maravilhosas, pelas nove horas para ir pegar o cheque. O que mais me lembro a respeito dele é a voz muito aguda, como de adolescente, um tom comum entre homens chilenos, mas que me parecia desconcertante num espanhol. Ligava para mim cedo, às seis ou sete da manhã, para que eu lhe desse um relatório sobre o que acontecera durante a noite, o que na verdade era inútil, porque não acontecia nada, ou quase nada: uma ou outra ligação de Roma ou de Paris, casos simples de pessoas que não estavam realmente doentes, mas queriam aproveitar o seguro-saúde que haviam contratado em Santiago. Meu trabalho era atendê-los, pegar seus dados, corroborar a vigência da apólice e colocá-los em contato com meus pares europeus.

Portillo me deixava ler ou escrever e inclusive cochilar com a condição de que atendesse o telefone a tempo. Daí a ligação das seis ou sete da manhã, mas quando ia para a gandaia também ligava antes, um pouco bêbado. O telefone não pode tocar mais de três vezes, me dizia, caso demorasse a atender. Mas não costumava me dar bronca, pelo contrário, era sempre muito amável. Às vezes me perguntava o que eu estava lendo. Eu respondia que estava lendo Paul Celan, Emily Dickinson, Emmanuel Bove, Humberto Díaz-Casanueva, e ele sempre caía na gargalhada, como se tivesse acabado de escutar uma piada muito boa, inesperada.

Uma noite, por volta das quatro da manhã, a voz no telefone me pareceu falsamente grave, fingida, e pensei que meu chefe estava tentando se passar por alguém. Estou ligando de Paris, dizia a voz diretamente, o que aumentou minha impressão de ser um trote de Portillo, pois os clientes costumavam ligar a cobrar. Como tínhamos intimidade, disse para ele ir se foder, que eu estava muito ocupado lendo – não entendi, estou ligando de Paris, este é o número da assistência de viagem?

Me desculpei e pedi o número para ligar de volta. Quando voltamos a nos falar, eu havia me transformado no telefonista mais amável do planeta, o que em todo caso não era necessário, porque nunca fui rude, e porque o homem da voz inverossímil era também inverossimilmente amável, o que não era comum naquele trabalho: a maioria dos clientes exibia sem pudor sua má-educação, sua prepotência, seu costume de tratar mal os telefonistas, e certamente também os funcionários, os cozinheiros, os vendedores e todo o grupo de pessoas supostamente inferiores a eles.

A voz de Juan Emilio, por outro lado, anunciava uma conversa razoável, mas não sei se razoável é a palavra certa, porque enquanto eu anotava seus dados (cinquenta e cinco anos, residente em Lo Curro, sem doenças prévias) e corroborava a apólice (o seguro dele era o de maior cobertura disponível no mercado), algo em sua voz me fazia pressentir que aquele homem precisava, mais que de um médico, de alguém para conversar, de alguém que o ouvisse.

Me disse que estava na Europa há cinco meses, a maior parte do tempo em Paris, onde sua filha – a quem chamava de Moño – cursava doutorado e vivia com seu marido – Mati – e as crianças. Nada disso respondia as minhas perguntas, mas ele falava com tanta vontade que era impossível interromper. Me contou com entusiasmo tudo a respeito daquelas crianças que falavam francês com um sotaque encantadoramente correto, e soltou também vários clichês sobre Paris. Quando começava a falar sobre os inconvenientes pelos quais Moño havia passado para cumprir com suas obrigações acadêmicas, sobre a complexidade dos programas de doutorado, e sobre o sentido da paternidade num mundo como este (um mundo que às vezes me parece tão estranho, tão diferente, disse ele), me dei conta de que estávamos há quase quarenta minutos ao telefone. Precisei interrompê-lo e pedir respeitosamente que me contasse o motivo da ligação. Falou que estava um pouco resfriado e tivera febre. Redigi o fax e o enviei ao escritório de Paris para que tratassem do caso e comecei o longo processo de me despedir de Juan Emilio, que se desmanchava em desculpas e gentilezas até aceitar que a conversa havia terminado.

Naquela época eu havia conseguido umas poucas aulas vespertinas em uma Escola Técnica. O horário se encaixava perfeitamente, a matéria era das oito às nove e vinte, duas vezes por semana, de modo que eu continuava com o ritmo noturno, acordando ao meio-dia, lendo muito, tudo certo.

Minha primeira aula foi em março de 2000, poucos dias depois que Pinochet, como um monarca amado e injustamente exilado, regressou ao Chile (lamento esses pontos de referência temporal, mas são os que primeiro me vêm à mente). Meus alunos eram todos mais velhos que eu: tinham entre trinta e cinquenta anos, trabalhavam o dia todo e se dedicavam com muito esforço aos cursos de administração de empresas, contabilidade, secretariado ou turismo. Eu deveria ensinar a eles "Técnicas de Expressão Escrita", seguindo um programa muito rígido e antiquado, que abarcava noções de redação, ortografia e até de pronúncia.

Tentei, nas primeiras aulas, cumprir o que me era pedido, mas meus alunos chegavam muito cansados de seus trabalhos e acho que todos na sala, eu inclusive, ficávamos entediados. Lembro da desolação ao fim daquelas primeiras jornadas. Lembro que, depois da terceira ou quarta aula, caminhando pela Avenida España, parei numa barraquinha de cachorro-quente e, enquanto comia um *italiano*, pensei que deveria enfrentar aquela sensação de tempo perdido. Afinal de contas, meu tema era a linguagem, e se alguma coisa havia sido constante em minha vida era o amor por algumas histórias, algumas frases, por umas quantas palavras. Mas até então era evidente que eu não estava conseguindo comunicar nada – interessante sua aula, professor, uma aluna me disse, apesar de tudo, na entrada do metrô, como se o destino quisesse desmentir meus pensamentos. Não a tinha reconhecido. Para combater a timidez, eu preferia palestrar sem os óculos, razão pela qual não distinguia os rostos dos alunos, e quando precisava fazer alguma pergunta, simplesmente olhava para um ponto indefinido e dizia "o que você acha disso, Daniela". Era um método infalível, porque na turma havia cinco Danielas.

A mulher que veio falar comigo no metrô não tinha esse nome, mas rimava: Pamela. Contou-me que ainda morava com os pais, que não trabalhava. Perguntei por que estudava à noite, então. Porque de dia faz calor, respondeu, fazendo charme e com algum desdém. Perguntei se no inverno estudava de dia, e ela riu. Depois quis saber se realmente tinha achado a aula boa. Ela olhou para o chão, como se eu tivesse perguntado algo muito íntimo. Achei, ela disse depois, quase uma estação depois: foi interessante. Descemos juntos, em Baquedano, fiz-lhe companhia enquanto esperava o ônibus para Quilicura.

Na faculdade não era raro, havia exemplos aos montes, de todo tipo: professor com aluna (ou aluno), professora com aluno (ou aluna), e inclusive alguns poucos casos saborosos, embora talvez exagerados, de professor com duas alunas e de uma professora com três alunos e uma bibliotecária (e na biblioteca, em cima do balcão de devoluções). Assim, pensei que não seria grave tentar algo com Pamela. Não era baixa nem alta, nem gorda nem magra: perfeita, pensei – é que nunca soube responder este tipo de pergunta: você prefere as morenas ou as loiras? etc. Sabia com certeza que havia algo em sua voz, em sua atitude, em seus olhos, de que eu gostava.

Cheguei ao escritório absorto nessas especulações. Preparei um café e fumei um cigarro atrás do outro (Portillo não era fumante, mas nos permitia fumar), pensando no amor e também, não sei por que, na morte, e depois no futuro, que não era meu tema favorito. Pensei que estávamos no ano 2000, e evoquei as conversas que tínhamos quando crianças, quando adolescentes, sobre essa data tão distante: imaginávamos uma vida de carros que voavam e de alegres teletransportes, ou talvez algo menos espetacular, porém radicalmente diferente do mundo sem graça e repressor em que vivíamos. Devo ter adormecido pensando nisso, mas o telefone me acordou depois, à uma da manhã. Era meu chefe me lembrando que às três iriam cortar a água. Enquanto enchia a garrafa térmica e a pia, pensei em mim mesmo, creio que pela primeira vez, como uma pessoa solitária.

A regra dizia que catorze dias depois do ocorrido deveríamos contatar o cliente (chamávamos-no de *pax*) e perguntar como sua enfermidade havia evoluído e qual era sua opinião sobre o serviço prestado. Essa parte do processo se chamava *social call* e era o primeiro passo para encerrar um chamado (ah, que estranho prazer sentíamos quando enfim encerrávamos um chamado), de modo que peguei o telefone e liguei para Paris: Juan Emilio continuava na casa da filha; de fato quem atendeu foi ela, a Moño, que não me pareceu tão amável quanto o pai. Liga mais tarde para ele, disse secamente. Foi o que fiz. Juan Emilio pareceu comovido com o meu telefonema, o que em todo caso costumava acontecer, pois alguns clientes pensavam que a ligação partia de uma inquietação pessoal, como se os tristes telefonistas noturnos pudessem ou devessem se importar com a saúde de um compatriota que viaja pelo mundo ficando levemente resfriado.

Perto do fim da conversa, Juan Emilio perguntou se eu gostava do meu trabalho. Respondi que havia melhores, mas que aquele era bom. Mas em que você se formou?, insistiu. Literatura, respondi, e inexplicavelmente ele riu. Eu detestava que me fizessem essa pergunta, mas não me incomodei nem com a pergunta nem com a risada. Com o tempo aprendi a valorizar, a aceitar aquela risada crescente, discreta no começo e logo franca e contagiosa, de Juan Emilio.

Quatro ou cinco dias depois, já de volta ao Chile, voltou a ligar. Eu estava meio dormindo, eram sete da manhã. Quero saber como você está, disse ele, e engatamos numa conversa que teria sido normal caso fôssemos dois adolescentes se tornando amigos, ou dois senhores de idade tentando combater a inércia de uma segunda-feira no asilo. Pensei que Juan Emilio devia ser meio doido, e talvez tenha me sentido orgulhoso de participar de sua loucura. “Pax muito amável, liga sem motivo e agradece novamente o serviço”, anotei no registro, mas no fim havia um motivo, embora agora eu ache que o motivo lhe veio à mente enquanto falávamos: queria que eu fosse seu professor, seu guia de leitura, preciso melhorar meu nível cultural, disse. Parecia simples: eu deveria lhe recomendar livros e iríamos comentá-los. Aceitei, claro. Propus um valor mensal e ele insistiu que fosse o dobro. Me ofereci para ir à sua casa ou ao seu trabalho, embora não me visse pegando o metrô e um ônibus para cruzar a cidade toda a cada semana. Por sorte, ele preferiu que as aulas fossem no meu apartamento, toda segunda-feira, às sete da noite.

Juan Emilio era baixo, ruivo, extravagante: vestia-se com uma elegância desastrada, como se a roupa fosse sempre nova, como se a roupa estivesse dizendo, em voz alta e enfática, *eu não tenho nada a ver com este corpo, nunca vou me acostumar a este corpo*. Fizemos uma lista de leituras que pensei que poderiam interessá-lo. Ele estava entusiasmado. Juan Emilio me parecia ótima pessoa, mas era um sentimento ambíguo e com um pouco de culpa. Que tipo de gente podia se dar ao luxo de, em plena idade produtiva, fazer uma viagem tão longa pela Europa? O que ele teria feito naquele tempo todo além de levar seus netos a todas as sorveterias de Paris? Tentava imaginá-lo como mais um desses chilenos milionários que viajaram até Londres para apoiar Pinochet. Tentava vê-lo como o que se supõe que fosse: um riquinho filho de papai, conservador, pinochetista ou ex-pinochetista, embora não falasse como um riquinho filho de papai e suas opiniões não fossem tão conservadoras – ao menos era possível conversar com ele, isso sim. Também era prudente, observava o pequeno apartamento da

Plaza Italia em que eu morava sem demonstrar que lhe parecia um lugar pobre e descuidado. Depois eu pensava, para me tranquilizar, de modo um tanto maniqueísta, que um empresário chileno não teria uma filha estudando na França, que a França era o pior lugar do mundo para a filha de um pinochetista.

As aulas na Escola Técnica, enquanto isso, melhoravam. Comecei a usar meus óculos, para conseguir prestar mais atenção em Pamela. Em suas bochechas se insinuavam covinhas e sua maneira de se maquiar era curiosa – delineava os olhos com um traço grosso demais, como se os cercasse, como se quisesse impedir que pulassem para fora, que fossem embora. Naquela noite precisávamos falar sobre os diferentes tipos de carta e fiquei tagarelando sem muita eloquência até que pensei em propor um exercício a eles, que acabou dando um ótimo resultado. Pedi que escrevessem uma carta que gostariam de ter recebido, uma carta que teria mudado suas vidas, e quase todos fizeram coisas previsíveis, mas quatro alunos levaram o exercício ao limite e escreveram textos selvagens, desoladores, belos. Um deles terminou o exercício chorando e amaldiçoando o pai, ou o tio, ou um pai que na verdade era seu tio, acho que todos ficamos com essa dúvida, mas não nos atrevemos a perguntar.

Pensei que aquela era minha oportunidade de corrigir o rumo do curso. Dediquei as aulas seguintes a ensiná-los a escrever cartas, tentando, sempre, fazer com que descobrissem o poder da linguagem, a capacidade que as palavras têm de realmente influenciar a realidade. Alguns ainda ficavam um pouco sem graça, mas começamos a ir bem. Escreviam para os pais, para amigos de infância, para os primeiros namorados. Lembro de uma aluna que escreveu para João Paulo II, para explicar a ele por que não acreditava mais em Deus, o que gerou uma briga terrível e muito complicada, que esteve a ponto de chegar à agressão física, mas que no fim das contas foi benéfica para todos. Agora gostavam da aula, só queriam saber de escrever cartas, expressar sentimentos, explorar o que acontecia com eles. Com exceção de Pamela, que me evitava e preferia não participar durante as aulas. E mesmo eu me esforçando, não tínhamos voltado a nos cruzar no metrô.

Uma noite, no começo da aula, um aluno levantou a mão e me disse que queria escrever uma carta de demissão, porque estava pensando em sair do trabalho. A seguir, começou a falar sobre os problemas que tinha com o chefe, e eu tentei aconselhá-lo, embora fosse talvez o menos qualificado dos presentes para tanto.

Alguém disse que ele era um irresponsável, que antes de se demitir tinha que pensar em como iria viver e como iria pagar o curso. Fez-se um silêncio pesado e grave, que eu não soube preencher. Quero escrever a carta, ele nos disse então: não vou me demitir, nem poderia, tenho filhos, tenho problemas, mas de qualquer jeito quero escrever essa carta. Quero imaginar como seria me demitir. Quero dizer ao meu chefe tudo o que penso dele. Quero dizer que ele é um filho da puta, mas sem usar essa palavra. Não é uma palavra, são várias palavras, disse uma aluna que sentava na primeira fila. Oi? São três palavras, professor: filho-da-puta.

Começamos a carta, escrevemos os primeiros parágrafos no quadro negro. E como o tempo se esgotou, ficamos de retomar o exercício na aula seguinte. Mas não houve uma aula seguinte.

Cheguei na segunda-feira com o tempo contado para pegar a pasta e ir até a sala, mas o edifício estava fechado, e inclusive tinham acabado de pintar a fachada. A escola não existia mais. Os alunos me explicaram tudo, desolados. Tinham acertado suas mensalidades e vários deles até mesmo tinham pagado o ano inteiro, adiantado, para aproveitar um desconto.

Nessa noite fui com meus alunos a um bar na Avenida España. Não costumavam sair juntos, não eram amigos, não tinham chegado a se conhecer bem, de maneira que alguns contavam suas vidas, e outros se dedicavam às cervejas e às carnes que haviam pedido. Pamela estava no extremo oposto da mesa, conversando com outro grupo, e não se aproximou de mim, mas dei um jeito de irmos andando juntos até o metrô. Acompanhei-a até o ônibus, de novo, na Plaza Italia, e ao se despedir disse que se sentia observada demais, mas que se eu não olhasse tanto para ela, talvez começasse a gostar de mim. Mas não vamos nos ver nunca mais, eu disse. Vai saber, respondeu.

As sessões com Juan Emilio se mostraram menos fáceis do que eu havia pensado. Ele não questionava os livros que eu escolhia, mas ficava procurando, na leitura – como quase todo mundo faz, aliás –, mensagens, explicações definitivas, a moral da história. Toda semana eu passava algum exercício, e ele chegava sempre com uma garrafa de vinho, à guisa de compensação: não consegui terminar o dever, dizia, com ares de travessura, e depois desatava a falar sobre a uva ou sobre a vinícola do vinho que trouxera, com uma erudição atordoante, usando um linguajar que para mim era tão engraçado como deveria ser para ele a terminologia literária. Juan

Emilio era gerente de algo, mas eu preferia não perguntar demais sobre seu trabalho, basicamente pelo mesmo motivo que preferia não perguntar o que ele pensava sobre a volta de Pinochet: não queria descobrir que era um empresário sanguessuga, não queria ter motivos para desprezá-lo.

Por outro lado, cheguei a saber muito sobre sua família: cheguei a me interessar realmente pelas vidas nada interessantes de seus filhos. Quanto a seu casamento, pelas conversas que tínhamos, supus que era uma relação complexa porém estável; certamente algumas infidelidades tinham acontecido, mas já eram velhos para se separar, e talvez pertencessem a esse mundo em que as pessoas não se separam, mesmo se odiando. Só que ele não odiava a mulher (que tinha um nome horripilante, embora a meu ver também literário: Eduviges), nem ela a ele; toleravam um ao outro, e de vez em quando ela até o esperava em casa com um pisco sour e ficavam no sofá falando de como outros casais andavam mal e como eles estavam bem, juntos e felizes, no fim das contas.

Era difícil, para mim, interromper seu discurso e dirigir o processo todo; de fato, algumas vezes ficou tarde demais e ele precisou ir embora antes mesmo de termos começado a aula. De todo modo me pagava, claro.

Tentei ajudar meus ex-alunos em sua reivindicação no Ministério da Educação, que lhes oferecia pouco, ou quase nada. Escrevemos, todos juntos, a grande carta, a mensagem crucial que deveria demonstrar a eficácia da comunicação escrita, o poder das palavras, mas não surtiu efeito algum. Tínhamos recolhido testemunhos, opiniões de políticos e especialistas em educação, mas nada aconteceu. A situação era escandalosa e por algum tempo a notícia saía nos jornais, mas subitamente um silêncio tão chileno e tão suspeitoso sobreveio e encobriu tudo. Alguns conseguiram ser aceitos em outras instituições, em condições que nunca eram vantajosas, e os que tinham pagado as mensalidades até o fim do ano continuaram sem uma solução de verdade. E eu também, no meio de tudo isso: a escola me devia um mês de salário, mas quando tentei me unir aos demais professores não tive sorte alguma. Contatei, de fato, dois deles, que preferiam não reclamar, pois trabalhavam também em outras instituições e não queriam ficar com a fama de serem dados a conflitos.

De todo modo, me propus a terminar o curso naquele mesmo bar da Avenida España, todas as semanas. Dos trinta e cinco alunos iniciais, dez continuaram comigo o resto do ano, toda quarta, e ainda que algumas vezes a coisa tenha se dispersado, na maioria dos encontros trabalhamos e debatemos. Numa dessas noites, quando eu já havia perdido toda a esperança, Pamela apareceu, juntou-se ao grupo como se nada tivesse acontecido, sem fazer comentários. Saímos juntos e, no metrô, ela me deu uma nota de cinco mil pesos. Eu disse que as aulas eram gratuitas, que no máximo aceitava que os alunos pagassem meus chopes ou um *chacarero*. Ela disse que mesmo assim queria me pagar e não aceitou o dinheiro de volta. Vamos para a casa do senhor, professor, disse depois – nem preciso explicar como era absurdo que ela me tratasse formalmente, sendo que era dez anos mais velha que eu. Estava mais tarde que de costume, normalmente eu passava em casa e comia uma lata de atum antes de ir para o trabalho, mas agora tinha pouca margem. Resolvi arriscar e a levei comigo para o escritório. Ela me chupou no carpete e depois trepamos em cima da escrivaninha de Portillo, por sorte o telefone não tocou. Às três da manhã chegou um táxi para ela, que coloquei na conta da empresa. Antes de partir ela me disse, estranhamente séria: pode me pagar, professor, são cinco mil pesos. Criou-se, então, um costume: ela ia às aulas e me pagava, mas depois, no escritório ou na minha casa, eu pagava a ela. Sempre, inclusive no meio do sexo, me tratava formalmente. Pelo menos não me chame de senhor aqui na cama, eu disse uma noite. Prefiro tratá-lo assim, professor, ela disse, arrumando o cabelo: é que adoro o jeito como as colombianas falam.*

Uma tarde em que chovia torrencialmente, Juan Emilio chegou atrasado e na companhia de um homem que me cumprimentou com o rosto cheio de felicidade e imediatamente começou a empilhar várias caixas perto da minha escrivaninha. Custei a entender a situação, que meu aluno explicava apenas com um estranho sorrisinho condescendente. Espero que você não se incomode com esses presentinhos, disse enfim.

Minha reação foi de ira, embora tenha sido tardia. Certamente ele nunca havia conhecido alguém tão pobre como eu, apenas o fato de ir até a Plaza Italia deveria ser, para Juan Emilio, uma espécie de aventura transgressora. Mas eu não era pobre, não mesmo. Vivia com pouco, mas de modo algum era pobre. Falei que

* No espanhol falado em parte da Colômbia, pratica-se o chamado *ustedeo*, isto é, o pronome de tratamento *usted* não é usado em situações formais, como acontece no resto da América hispânica, mas sim como sinal de intimidade. Tal uso é, certas vezes, atrelado ao gênero do falante. [N. E.]

eu não podia aceitar a ajuda, perguntando de onde ele tinha tirado aquilo, mas enquanto eu argumentava, Juan Emilio abria as caixas e enchia a despensa ou o canto daquela cozinha minúscula que funcionava como despensa. Eram realmente muitas caixas, nas quais havia, entre outras delícias, sucos de soja, diversos sabores de Twinings, sofisticadas tábuas de queijos, carpaccios de polvo e de salmão, latas de caviar, vários fardos de cervejas importadas e vinte e quatro garrafas de vinho. Havia também uma caixa enorme com produtos de higiene pessoal, o que de certa maneira me ofendeu, pois evidentemente ele julgava serem necessários.

Agradeci a intenção dele e voltei a dizer que não podia aceitar aquela generosidade. Para mim não custa nada, respondeu, o que sem dúvida era verdade, e depois de eu negar mais duas vezes, já sem convicção, acabei aceitando o presente. A seguir houve uma tentativa de minha parte de começar a aula, embora não tão enfaticamente, é verdade. Debatemos vagamente alguns contos de Onetti enquanto beliscávamos uns queijos e umas azeitonas, além de uns deliciosos doces árabes. Tentei, mas não consegui disfarçar que estava com fome.

Quando ele estava para sair, quis adiantar o que faríamos na segunda seguinte, mas ele me deteve. Passou a mão ajeitando o cabelo e acendeu um cigarro com uma rapidez inusitada, antes de me dizer: descobri que não gosto tanto de literatura. Gosto de falar contigo, de vir aqui, ver como você vive. Mas não gostei realmente de nada do que li.

Pronunciou essas últimas frases com uma ênfase desagradável, certamente era esse o tom que usava para demitir seus empregados. Para dizer coisas como "infelizmente vamos ter que procurar outra pessoa para o cargo". Só então entendi que aquela mercadoria toda era uma espécie de indenização. Sem dizer muito além disso, levantou e me olhou firmemente nos olhos antes de se despedir para sempre com um inesperado e longuíssimo beijo na boca.

Travei. Estava incomodado por não ter entendido a trama, me sentia bobo. O beijo não me desagradou, não me deixou com nojo, mas por via das dúvidas tomei um grande gole de um syrah que não tenho ideia se tinha notas frutadas ou uma boa acidez, mas que naquele momento me pareceu oportuno.

Na noite seguinte, no trabalho, como havia um rumor de que talvez cortassem de novo o abastecimento, juntei água, mas esqueci de fechar a torneira da pia. E dormi, como nunca, no chão. Acordei molhado, às sete da manhã, o carpete estava quase inteiramente alagado. Meu chefe desfiou seu bem treinado sarcasmo para me repreender, mas no fundo ele achava tão engraçado o fato de eu ser desastrado desse jeito que decidiu não me despedir. Entendi, no entanto, que esse era o fim.

Mais de uma vez pensei em ficar para sempre naquele escritório atendendo o telefone. Não era difícil me imaginar aos quarenta ou cinquenta anos passando a noite com os pés em cima daquela mesma escrivaninha, lendo vez após vez os mesmos livros. Até então preferia não pensar em nada confuso, nada elaborado demais. Não costumava imaginar o futuro seriamente, talvez porque confiasse no que chamam de estrela da sorte. Quando decidi estudar literatura, por exemplo, a única coisa que sabia era que gostava de ler e ninguém me fez mudar de escolha. Com que trabalhar, que tipo de vida queria ter: não sei se cheguei a pensar nessas coisas, mas não teria passado de uma leve angústia. E no entanto acho que, como se diz, queria ter sucesso, queria acontecer. A inundação era um sinal: deveria prosperar no que tinha estudado, ou melhor, para ser mais preciso, em algo que tivesse pelo menos um pouco a ver com o que tinha estudado. Pedi demissão, sem mais nem menos. No jantar de despedida, Portillo me deu de presente um livro de Arturo Pérez-Reverte, seu autor favorito.

Quando contei a meus alunos que estava desempregado, eles me ofereceram ajuda, embora não tivessem nem dinheiro nem contatos. Eu disse que não era preciso, que teria tempo para procurar outro emprego, que tinha conseguido economizar um pouco de grana. Olharam muito sérios para mim, mas quando relatei o acidente no escritório morreram de rir e concordaram que eu devia mesmo ter pedido demissão. Sobretudo Pamela.

Fomos para meu apartamento, enfim poderíamos dormir juntos. Era começo de outubro, uma noite agradável, sugestiva, tentadora. Tomamos um vinho incrível, depois de trepar vimos um programa de perguntas (ela acertava todas as respostas) e um filme. Acordamos tarde, mas não havia pressa. Devo ter ficado uma hora acariciando suas pernas generosas e olhando seus pés perfeitos, embora um pouco tristes por causa do esmalte azul-turquesa, já meio descascado, com o qual pintava as unhas. Por aquela época havíamos decidido aumentar a tarifa: ela me cobrava dez mil, e eu cobrava dez mil dela.

Você está desempregado, mas sua casa está cheia de comida, disse, risonha, enquanto preparávamos o almoço. Era mesmo muita comida, pensei, e comecei a encher uma sacola com queijos, embutidos, iogurtes e vinhos. E dei a ela. Não é preciso dizer que eu era jovem e muito mais estúpido que hoje em dia. Ela escutou atônita às frases idiotas que devo ter dito. Só então me dei conta de que havia cometido um erro fatal. Pamela olhou para mim com raiva, sem dizer nada, desconcertada, decepcionada. Tocou num peito, sabe-se lá por que, como se estivesse doendo.

Depois pegou a sacola, furiosa, e esvaziou-a nos meus pés. Ia embora sem dizer nada, já tinha aberto a porta, mas se deteve e, antes de ir, disse, com a voz embargada, que ela não era nem nunca seria uma puta. E que eu não era nem nunca seria um professor de verdade.

II

Instituto Nacional

para Marcelo Montecinos

1

Os professores nos tratavam pelo número da chamada, de modo que só conhecíamos os nomes dos colegas mais próximos. Digo isso como desculpa: nem sequer sei o nome de meu personagem. Mas me lembro perfeitamente do 34. Naquele tempo eu era o 45. Graças à inicial de meu sobrenome, desfrutava de uma identidade mais sólida que os demais. Ainda hoje sinto familiaridade com esse número. Era bom ser o último, o 45. Era muito melhor que ser, por exemplo, o 15 ou o 27.

A primeira coisa de que me lembro sobre o 34 é que ele às vezes comia cenouras na hora do recreio. Sua mãe as descascava e as acomodava harmoniosamente num pequeno tupperware, que ele abria destapando com cuidado os cantos superiores. Calculava a dose exata de força, como se praticasse uma arte dificílima. Porém, mais importante que seu gosto por cenouras era sua condição de repetente, o único da turma.

Para nós, repetir de ano era um feito vergonhoso. Em nossas curtas vidas nunca havíamos chegado perto desse tipo de fracasso. Tínhamos onze ou doze anos, acabávamos de entrar no Instituto Nacional, o colégio mais prestigioso do Chile, e nossos históricos escolares eram, portanto, impecáveis. Mas lá estava o 34: sua presença demonstrava que era possível fracassar, que era inclusive tolerável, porque ele exibia seu estigma com naturalidade, como se estivesse, no fundo, contente de repassar as mesmas matérias. Seu rosto me é familiar, lhe dizia às vezes algum professor, debochando, e o 34 respondia, gentil: sim, senhor, sou repetente, o único da turma. Mas tenho certeza de que este ano vai ser melhor para mim.

Aqueles primeiros meses no Instituto Nacional foram infernais. Os professores se encarregavam de nos dizer repetidas vezes o quão difícil era o colégio; tentavam fazer com que nos arrependêssemos, que voltássemos ao liceu da esquina, como diziam, de forma depreciativa, com um tom de escárnio que em vez de nos fazer rir nos amedrontava.

Não sei se é necessário esclarecer que esses professores eram uns verdadeiros filhos da puta. Eles, sim, tinham nomes e sobrenomes: o professor de matemática, dom Bernardo Aguayo, por exemplo, um completo filho da puta. Ou o professor de artes manuais, senhor Eduardo Venegas. Um escroto filho da mãe. Nem o tempo nem a distância conseguiram atenuar meu rancor. Eles eram cruéis e medíocres. Gente frustrada e tola. Vendidos, pinochetistas. Uns babacas de merda. Mas eu estava falando do 34, e não desses imbecis que tínhamos como professores.

O comportamento do 34 contradizia completamente a conduta natural dos repetentes. Supõe-se que sejam toscos, que demorem a se integrar ao contexto da nova turma e o façam de má vontade, mas o 34 se mostrava sempre disposto a interagir conosco em igualdade de condições. Não padecia desse apego ao passado que faz dos repetentes sujeitos infelizes ou melancólicos, sempre atrás dos colegas do ano anterior, ou numa guerra incessante contra os supostos culpados por sua situação.

Isso era o mais curioso a respeito do 34: ele não era rancoroso. Às vezes o víamos falando com professores que não conhecíamos. Eram conversas animadas, com movimentos de mãos e tapinhas nas costas. Ele gostava de manter relações cordiais com aqueles que o haviam reprovado.

Tremíamos a cada vez que o 34 dava amostras, nas aulas, de sua inegável inteligência. Mas ele não se exibia; pelo contrário, intervinha apenas para propor novos pontos de vista ou assinalar sua opinião sobre temas complexos. Dizia coisas que não estavam nos livros e nós o admirávamos por isso, mas admirá-lo era uma forma de cavar a própria cova: se alguém tão perspicaz havia fracassado, o que dizer de nós. Então especulávamos pelas costas dele sobre os verdadeiros motivos de sua repetência: conflitos familiares obscuros, doenças longas e penosas. Mas sabíamos que o problema do 34 era estritamente acadêmico – sabíamos que seu fracasso seria, amanhã, o nosso.

Certa vez ele me abordou de maneira repentina. Parecia ao mesmo tempo apreensivo e feliz. Demorou a falar, como se tivesse pensado muito no que iria me dizer. Você não precisa se preocupar, soltou por fim: venho te observando e tenho certeza de que vai passar de ano. Foi reconfortante ouvir isso. Fiquei muito contente. Contente de um jeito quase irracional. O 34 era, como se diz, a voz da experiência, e o fato de ele pensar isso de mim era um alívio.

Logo soube que a cena se repetira com outros colegas, e então correu a notícia de que o 34 estava tirando sarro de todos nós. Mas depois pensamos que era esse seu jeito de nos infundir confiança. E precisávamos dessa confiança. Os professores nos atormentavam diariamente e os boletins de todos eram desastrosos. Quase não havia exceções. Caminhávamos direto para o matadouro.

A questão era saber se o 34 transmitia essa mensagem a todo mundo ou apenas a supostos eleitos seus. Os que ainda não haviam sido notificados entraram em pânico. O 38 – ou o 37, não me lembro direito de seu número – era um dos mais preocupados. Não aguentava a incerteza. Seu desespero foi tanto que um dia, desafiando a lógica das notificações, foi perguntar diretamente para o 34 se passaria de ano. Ele pareceu incomodado com a pergunta. Deixa eu te analisar, propôs. Ainda não consegui observar todos vocês, são muitos. Me perdoa, mas até agora eu não tinha prestado muita atenção em você.

Que ninguém pense que o 34 se achava. Não mesmo. Havia em seu jeito de falar um permanente ar de honestidade. Não era fácil duvidar do que ele dizia. Seu semblante franco também ajudava: preocupava-se em olhar as pessoas nos olhos e espaçava as frases com quase imperceptíveis doses de suspense. Em suas palavras pulsava um tempo lento e maduro. "Ainda não consegui observar todos vocês, são muitos", acabava de dizer ao 38, e ninguém duvidou de que falava sério. O 34 falava esquisito e falava sério.

Embora talvez na época achássemos que para falar sério era preciso falar esquisito.

No dia seguinte o 38 pediu seu veredicto, mas o 34 lhe respondeu com evasivas, como se quisesse – pensamos – ocultar uma verdade dolorosa. Me dá mais um tempo, pediu, ainda não tenho certeza. Todos já achávamos que o 38 estava perdido, mas ao cabo de uma semana, depois de completar o período de observação, o profeta se aproximou dele e disse, para surpresa geral: Sim, você vai passar de ano. Não tem erro.

Ficamos contentes, claro, e também celebramos no dia seguinte, quando ele salvou os seis que faltavam. Mas restava algo importante a ser resolvido: agora todos os alunos haviam sido abençoados pelo 34. Não era normal que a turma toda fosse aprovada. Fomos investigar: parece que nunca, nos quase duzentos anos de história do colégio, ocorrera de os quarenta e cinco alunos da sétima série passarem de ano.

Durante os meses seguintes, os decisivos, o 34 notou que desconfiávamos de seus desígnios, mas não o demonstrava: continuava fiel às suas cenouras e intervinha regularmente nas aulas com suas opiniões corajosas e interessantes. Talvez sua vida social tivesse perdido um pouco de intensidade. Sabia que o observávamos, que estava na berlinda, mas nos cumprimentava com a ternura de sempre.

Chegaram as provas de fim de ano e confirmamos que o 34 acertara seus vaticínios. Quatro colegas haviam abandonado o barco antes do fim (inclusive o 38) e, dos 41 restantes, quarenta passaram de ano. O único repetente foi, justamente, e de novo, o 34.

No último dia de aula fomos falar com ele, consolá-lo. Estava triste, é claro, mas não parecia transtornado. Eu já esperava, disse. Para mim é muito difícil estudar, talvez me saia melhor em outro colégio. Dizem que às vezes precisamos dar um passo atrás. Acho que chegou o momento de dar um passo atrás.

Todos sentimos a perda do 34. Esse desfecho abrupto, para nós, era uma injustiça. Mas voltamos a vê-lo no ano seguinte, fazendo fila junto aos do sétimo ano, no primeiro dia de aula. O colégio não permitia que um aluno repetisse duas vezes a mesma série, mas o 34 havia conseguido, não se sabe como, uma exceção. Não faltou quem dissesse que isso era injusto, que o 34 tinha as costas quentes. Mas a maioria de nós pensou que era bom que ele ficasse. Em todo caso, nos surpreendia que quisesse viver a experiência mais uma vez.

Fui falar com ele naquele mesmo dia. Tratei de ser amistoso e ele também foi cordial. Estava mais magro e sua diferença de idade em relação a seus novos colegas era gritante. Não sou mais o 34, me disse enfim, com aquele tom solene que eu já conhecia. Agradeço por se importar comigo, mas o 34 não existe mais, disse: agora sou o 29 e tenho que me acostumar à minha nova realidade. Prefiro me integrar à minha turma e fazer novos amigos. Não é saudável viver no passado.

Suponho que tinha razão. De vez em quando o víamos ao longe, interagindo com seus novos colegas ou conversando com os professores que o haviam reprovado no ano anterior. Acho que dessa vez conseguiu enfim passar de ano, mas não sei se continuou no colégio por muito tempo. Pouco a pouco o perdemos de vista.

2

Uma tarde de inverno, quando voltaram da educação física, encontraram a seguinte mensagem escrita no quadro negro:

Augusto Pinochet é:
a) Um escroto filho da mãe
b) Um filho da puta
c) Um imbecil
d) Um merda
e) Todas as anteriores

E abaixo se lia: PIO.

Iam apagar aquilo, mas não deu tempo, porque logo chegou Villagra, o professor de ciências. Houve um murmúrio nervoso e algumas risadas tímidas antes que o silêncio absoluto sob o qual suas aulas transcorriam se impusesse. Villara contemplou o quadro negro por alguns minutos, de costas para os alunos. Era uma letra de traço firme, a caligrafia perfeita; não pertencia a um garoto de doze anos. Além do mais, não era comum haver no PIO, o Partido Institutano Opositor, alunos da sétima série militantes.

Com a gravidade e o histrionismo de sempre, Villagra foi até a porta se assegurar de que não estava sendo espiado por ninguém lá fora. Depois pegou o apagador e começou a apagar uma a uma as opções, mas antes de chegar à última, todas as anteriores, se deteve para limpar o pó de giz de seu paletó e tossiu exageradamente alto. Então, da última fileira, o Vergara – mais conhecido por seus colegas como *bengala* – perguntou se a alternativa correta era a e).

Villagra olhou para o teto, como se buscasse inspiração, e de fato fez uma cara de iluminação. Sim, mas a pergunta está mal formulada, respondeu. Explicou a eles que as opções a) e b) eram praticamente idênticas, e o mesmo valia para c) e d), de modo que era óbvio, por eliminação, que era a e).

E essa é a alternativa correta?, indagou González Reyes.

Dizemos opções, nesse caso, alternativas se usa apenas quando são duas, e quando são mais de duas dizemos opções, abram seus livros na página 80, por favor – argh, disseram os meninos.

Mas o que o senhor pensa do Pinochet?, insistiu outro González, González Torres (havia seis González na turma).

Isso não importa, disse ele, sereno e taxativo. Eu sou apenas o professor de ciências. Não falo sobre política.

3

Lembro da câimbra na mão direita depois das aulas de história, porque Godoy ditava durante as duas horas inteiras. Ensinava-nos a democracia ateniense ditando como se dita na ditadura.

Lembro da lei de Lavoisier, mas lembro muito mais da lei da selva.

Lembro de Aguayo dizendo “no Chile as pessoas são moles, não querem trabalhar, o Chile é um país cheio de oportunidades”.

Lembro de Aguayo nos reprovando, mas oferecendo aulas de recuperação com sua filha, que era bonita, mas não gostávamos dela porque em sua cara só conseguíamos ver a cara de cachorro do pai.

Lembro de Veragua, que tinha ido ao colégio com meias brancas, e de Aguayo falando para ele: “Você é um pivete”.

Lembro do cabelo de Veragua, seus olhos verdes e grandes cheios de lágrimas, olhando para o chão, em silêncio, humilhado. Nunca mais apareceu no colégio.

Lembro do índio Venegas nos dizendo, na segunda-feira seguinte: “Expulsaram o Veragua. Ele não dava conta”.

Lembro de Elizabeth Azócar nos ensinando a escrever, nas últimas horas de cada sexta-feira. Eu era apaixonado por Elizabeth Azócar.

Lembro de Martínez Gallegos, de Puebla, de Tabilo.

Lembro de Gonzalo Mario Cordero Lafferte, que nos horários livres contava piadas e quando algum professor chegava, fingia que estávamos estudando francês: *la pipe*, *la table*, *la voiture*.

Recordo que nunca nos queixávamos. Queixar-se era algo estúpido, precisávamos aguentar, sermos machos. Mas a ideia de ser macho era confusa: às vezes significava valentia, às vezes, indolência.

Recordo de uma vez que me roubaram cinco mil pesos, dinheiro que eu levava para pagar a anuidade do Centro de Pais e Responsáveis.

Depois eu soube quem tinha sido e ele soube que eu sabia. Cada vez que olhávamos um para o outro dizíamos, com o olhar: sei que você me roubou, sei que você sabe que eu te roubei.

Lembro da lista dos presidentes do Chile que tinham sido alunos do meu colégio. E lembro que, quando os mencionavam, omitiam o nome de Salvador Allende.

Lembro de ter dito *meu colégio*, com orgulho.

Lembro da oração subordinada substantiva (OSS) e da oração subordinada adjetiva (OSA).

Lembro dos exercícios de vocabulário com palavras estranhas, que depois repetíamos, morrendo de rir: comiseração, escaramuça, ninharia, iridescente, reivindicar, ríspido, sucinto.

Recordo que quem levava Soto ao colégio era o motorista de seu pai militar.

Recordo que a professora de inglês deu uma nota baixa para um aluno que havia morado dez anos em Chicago e depois disse, envergonhada, que "não sabia que ele era gringo".

Lembro de professores tolos e brilhantes.

Lembro do mais brilhante de todos, Ricardo Ferrada, que na primeira aula escreveu no quadro negro uma frase de Henry Miller que mudou a minha vida.

Lembro dos professores que nos afundavam e dos professores que queriam nos salvar. Professores que acreditavam serem os novos Mr. Keating. Professores que acreditavam ser Deus. Professores que acreditavam ser Nietzsche.

Lembro de um gueto de homossexuais, no quarto ano do colegial. Eram cinco ou seis, sentavam juntos, conversavam apenas entre eles. O mais gordinho escrevia cartas de amor para mim.

Nunca faziam educação física e nas poucas vezes que saíam para o recreio os outros alunos os perturbavam, os espancavam. Preferiam ficar na sala, conversando ou brigando entre si. Gritavam "sua puta!", jogando as mochilas na cara um do outro ou no chão.

Recordo de uma manhã em que, no horário livre, sem professores na sala, enquanto estudávamos em cima da hora para uma prova de matemática, o gordinho falava sem parar com seu companheiro de carteira, e o Carlos gritou "Cala a boca, gordo veado".

Recordo que o gordinho se levantou furioso, mais afeminado que nunca, e respondeu: "Nunca mais me chame de *gordo*".

Recordo de ter fumado maconha no recreio, num canto do subsolo, com Andrés Chamorro, Cristián Villablanca e Camilo Dattoli.

Lembro de Pato Parra. Recordo dos desenhos de Patricio Parra, que era um dos quatro repetentes do terceiro colegial.

Recordo que ele se sentava na primeira carteira da fileira do meio e a única coisa que fazia durante a aula era desenhar.

Jamais olhava para os professores, estava sempre debruçado, concentrado no desenho, com seus óculos fundo de garrafa e a franja caindo no papel.

Recordo do gesto rápido que Patricio Parra fazia com a cabeça para o cabelo não tapar o desenho.

Nenhum professor o repreendia, nem por causa do cabelo comprido nem por seu absoluto desinteresse nas aulas, e, nas poucas vezes que o interpelavam, ele dava uma desculpa seca e breve, que encerrava o diálogo.

Cheguei a conhecê-lo muito pouco, conversamos algumas vezes. Lembro de uma manhã em que fiquei sentado a seu lado, olhando os desenhos, que eram perfeitos, quase sempre realistas: quadrinhos sobre o desamparo, sobre a pobreza, retratada sem espalhafatos, diretamente.

Recordo que nessa manhã ele me desenhou. Ainda guardo comigo o desenho, mas não sei onde está.

Não sei se foi em junho ou julho, mas lembro que era uma manhã de inverno quando soubemos que Pato Parra havia se suicidado.

Recordo do frio no cemitério de Puente Alto. Recordo dos professores tentando nos explicar o que havia acontecido. E o desejo de que eles calassem a boca, calassem a boca, calassem a boca. E o vazio depois, o resto do ano, ao olhar para a primeira carteira da fileira do meio.

Recordo que o professor assistente nos disse que a vida continuava.

Recordo que a vida continuava, mas não da mesma maneira.

Recordo que todos nós choramos no ônibus do colégio, que chamavam de Caleuche, na volta.

Recordo de ter caminhado abraçado com Hugo Puebla pela quadra do pátio, chorando.

Recordo da frase que Pato Parra escreveu, numa parede de seu quarto, antes de se matar: “Meu último grito para o mundo é o seguinte: que merda”.

4

Recordo dos últimos meses no colégio, em 1993: o desejo de que tudo acabasse logo. Estava nervoso, todos estávamos, esperando a grande prova, aquela para a qual tínhamos nos preparado ao longo de seis anos. Porque era isto que o Instituto Nacional era na época: um pré-vestibular que durava seis anos.

Uma manhã surtamos, todo mundo começou a brigar, aos berros, a pancadas: uma explosão de violência absoluta que não sabíamos de onde vinha. Acontecia o tempo todo, mas daquela vez sentíamos uma raiva ou uma impotência ou uma tristeza que se mostrava dessa maneira pela primeira vez. Houve um alvoroço, e chegou Washington Musa, o inspetor-geral do setor Um. Lembro desse nome, Washington Musa. O que terá acontecido com ele? Pouco me importa.

Veio a repreensão, Musa adotou o tom de sempre, o tom de tantos professores e inspetores naqueles anos. Disse-nos que éramos uns privilegiados, que havíamos recebido uma educação de excelência. Que tivéramos aulas com os melhores professores do Chile. E de graça, emendou. Mas vocês não vão chegar a lugar algum, não sei como sobreviveram neste colégio. Os das humanas são a escória do Instituto, disse. Nada em suas palavras nos doía, já tínhamos escutado muitas vezes aquele discurso, aquele monólogo. Olhávamos para o chão ou para nossos cadernos. Estávamos mais perto de rir que de chorar, uma risada que teria sido amarga ou sarcástica ou pedante, mas uma risada, no fim das contas.

E entretanto ninguém riu. O silêncio era total enquanto Musa discursava. De repente começou a repreender Javier García Guarda brutalmente. Javier era por acaso o mais silencioso e o mais tímido da turma. Não tinha notas baixas nem altas, sua ficha era limpa: não havia sequer uma anotação negativa, e nem uma positiva. Mas Musa, furioso, humilhava-o, não sabíamos por quê. Pouco a pouco entendemos que Javier havia deixado o lápis cair. Apenas isso. E Musa pensou que havia sido de propósito, ou não pensou nada, mas aproveitou o incidente para despejar toda sua ira em García Guarda: não quero nem imaginar como seus pais te educaram, dizia a ele. Você não merece ter estudado neste colégio.

Me pus de pé e comecei a defender meu colega, ou melhor, a ofender o inspetor Musa. Eu disse cale-se, senhor, cale-se ao menos uma vez, o senhor não tem ideia do que está dizendo. Está humilhando um colega injustamente, senhor.

Fez-se um silêncio ainda maior.

Musa era alto, forte e careca. Além de trabalhar no Instituto, administrava uma joalheria, e incrementava bastante seu salário com as vendas no colégio: de vez em quando se detinha no corredor para elogiar os prendedores, os relógios ou os colares que ele mesmo vendia às professoras. Com os alunos era antipático, frio, despótico, como mandava a natureza de seu cargo: suas repreensões e castigos eram lendários. Sua principal característica era, eu achava e ainda acho, a arrogância. Musa não sabia o que fazer, como reagir. "Já para a minha sala, os dois", disse, totalmente contrariado. Recordo que no caminho da inspetoria, Mejías se aproximou para nos encorajar.

Eu agira com coragem, mas talvez não fosse coragem, ou fosse o lado indolente da coragem: estava simplesmente farto daquilo, dava no mesmo para mim, teria ido feliz da vida no mesmo dia para o colégio da esquina. Achava que tinha encontrado a desculpa perfeita para ser expulso. Mas também sabia que não iam me expulsar. Alguns professores gostavam de mim, me protegiam. Musa sabia disso.

"Quanto a você, García, estou pensando seriamente em não deixar você se formar", disse Musa. "Amanhã, na primeira hora, vou falar com seu responsável." Só então, ao ver os olhos escuros e chorosos de García Guarda, percebi que eu tinha piorado tudo, que o assunto deveria ter se encerrado em mais uma repreensão, em mais uma humilhação, e García Guarda teria preferido isso, mas por causa da minha intervenção, a falta se tornara mais grave. Vir com o responsável era algo que acontecia apenas em casos gravíssimos, porque em meu colégio os responsáveis, os pais, não existiam. "Expulsem a mim", disse de novo, mas sabia que esse não era o jogo: sua maneira de me castigar era torturando García. Estive a ponto de insistir, defendê-lo de novo, e piorar tudo uma vez mais. Mas me contive.

"Eu não vou te expulsar e também não vou impedir que você se forme", Musa me disse, e voltei a pensar em como era injusto que eu recebesse um castigo menor que o de García. E pensei também que para mim dava no mesmo eu me formar ou não me formar. Mas talvez não desse no mesmo. Eu me achava indestrutível. A raiva me tornava indestrutível. Mas não apenas a raiva. Também uma confiança cega ou uma certa obstinação que nunca me abandonou. Porque eu falava baixo mas era forte. Porque eu falo baixo mas sou forte. Porque eu nunca grito mas sou forte.

"Eu deveria não deixar você se formar, deveria te expulsar agora mesmo", me disse. "Mas não vou fazer isso." Passaram-se trinta segundos, Musa não tinha terminado, eu continuava olhando de soslaio para as lágrimas que caíam pelo rosto de García Guarda. Recordo que ele também escrevia poemas, mas não os mostrava como eu, não participava, como eu, do espetáculo da poesia. Também não éramos amigos, mas conversávamos de vez em quando, nos respeitávamos.

"Eu não vou impedir você de se formar, não vou te expulsar, mas vou te dizer algo que você nunca vai esquecer pelo resto da vida." Musa enfatizou a palavra *nunca* e depois *resto da vida* e repetiu sua frase mais duas vezes.

"Eu não vou te impedir de se formar, não vou te expulsar, mas vou te dizer algo que você nunca vai esquecer pelo resto da vida." Não recordo, esqueci na hora, sinceramente não sei o que Musa me disse naquela ocasião: eu o encarava, com coragem ou com indolência, mas não guardei nenhuma de suas palavras.

Eu fumava muito bem

para Álvaro e Valeria

O tratamento dura noventa dias. Hoje é o décimo quarto dia. Conforme a bula, tenho direito a um último cigarro.

O último cigarro de minha vida.

Acabo de fumá-lo.

Durou seis minutos e sete segundos. O último anel de fumaça se desfez antes de chegar ao teto. Desenhei algo nas cinzas (meu coração?).

Não sei se abro ou se fecho parênteses.

O que sinto é parecido com a dor e com a derrota. Mas tento encontrar sinais favoráveis. Estou agindo certo, é isso o que eu devia fazer.

Eu era bom fumando, era um dos melhores. Eu fumava muito bem.

Fumava com naturalidade, com fluidez, com alegria. Com extrema elegância. Com paixão.

E, ainda assim, para minha surpresa, foi muito simples: Nos primeiros dias, quase sem perceber, passei de sessenta para quarenta cigarros. Depois, de quarenta para vinte. Quando descobri que conseguia diminuir a cota com rapidez, fumei vários seguidos, como se quisesse voltar à antiga forma ou recuperar a categoria. Mas não desfrutava desses cigarros.

Ontem fumei apenas dois, e sem muita vontade, foi mais para não deixar de aproveitar o pouco permitido. Nenhum desses cigarros foi pleno, verdadeiro.

*

Dezenove dias, cinco sem fumar.

Até agora não houve grandes dramas em meu processo, mas tento encontrar um fundo falso, um lugar diferente onde fixar meus olhos.

A rapidez da intervenção é preocupante. Assim como a docilidade de meu organismo. O Champix me invadiu sem receber resistência. Apesar das enxaquecas, eu me sentia um homem forte, mas esse medicamento modificou algo essencial.

É absurdo pensar que o remédio irá me distanciar unicamente do hábito de fumar. Com certeza me distanciará também de outras coisas de que ainda não tenho ideia. E irá deixá-las tão distantes de mim que já não conseguirei vê-las.

Vou mudar muito, e não gosto dessa certeza. Quero mudar, mas de outro jeito. Não sei o que estou dizendo.

Me sinto perplexo e machucado. É como se alguém estivesse

pouco a pouco apagando minha memória relacionada ao cigarro. E acho isso triste.

Sou um computador muito velho. Sou um computador velho, mas não tão ruim assim. Alguém toca meu rosto e minhas teclas com um pano de prato. E dói.

*

Por mais de vinte anos, a primeira coisa que eu fazia ao acordar era fumar dois cigarros seguidos. Acho que, de fato, acordava por isso, para isso. Era feliz ao descobrir, nos primeiros instantes de lucidez, que poderia imediatamente fumar. E era só depois do primeiro trago que eu realmente acordava.

No último outono tentei controlar o impulso, adiar o máximo possível o primeiro cigarro do dia. O resultado foi desastroso. Ficava na cama até as onze e meia, desanimado, e às onze e trinta e um soltava a primeira baforada.

É o dia número vinte e um do tratamento – o sétimo sem fumar. As nuvens formam desenhos no céu.

*

Os cigarros são os sinais de pontuação da vida.

*

Fico a tarde toda lendo *Enxaqueca*, o ensaio de Oliver Sacks. Logo de cara ele adverte que não existem tratamentos infalíveis. Na maioria dos casos, os que sofrem da doença se tornam peregrinos que vão de médico em médico e de remédio em remédio. Tenho sido assim, por anos demais já.

O livro demonstra que a enxaqueca é interessante e que não está isenta de beleza (a beleza que pulsa no inexplicável). Mas para que serve saber que alguém padece de uma enfermidade bela ou interessante?

Sacks dedica poucas páginas ao tipo de enxaqueca que eu tenho (à *minha* enxaqueca), que é a mais selvagem de todas, mas não a mais comum. Os nomes da minha são neuralgia enxaquecosa, cefaleia histamínica, cefaleia de Horton, cefaleia agrupada, em pencas, em cachos. Porém, muito mais revelador é seu apelido: *suicide headache*. É esse impulso que sobrevêm durante a crise. Não são poucos os enfermos que tentam mitigar a dor dando cabeçadas na parede. Eu mesmo já fiz isso.

Um lado da cabeça dói, especificamente a zona sob influência do nervo trigêmeo. É uma sensação trepidante, que vem acompanhada de fotofobia, fonofobia, lacrimação, sudorese facial, congestionamento nasal, entre outros sintomas. Memorizo os números, recito de cor as estatísticas: apenas dez em cada cem mil pessoas sofrem de enxaqueca em cachos. E oito ou nove dessas dez pessoas são homens.

Os ciclos, os cachos, começam sem motivo aparente, e duram de dois a quatro meses. A dor surge, incontrolável, sobretudo à noite. Não há nada a fazer além de se resignar. É preciso aceitar sem mau humor todos os conselhos, sempre inúteis, que os amigos nos dão. Até que um belo dia desaparecem – as dores, não os amigos, embora alguns amigos também fiquem cansados de nossas dores de cabeça, pois durante esses meses nos ausentamos, acabamos inevitavelmente nos concentrando mais em nós mesmos.

A felicidade de voltar a ser normal pode durar de um a dois anos. E então, quando achávamos que tínhamos nos curado para sempre, quando pensávamos nas enxaquecas como se pensa num antigo inimigo a quem inclusive chegamos a valorizar um pouco, a amar, volta a dor, primeiro timidamente, mas logo com sua habitual insolência.

Lembro de um episódio em que Gregory House trata um paciente que sofria de cefaleia agrupada diretamente com cogumelos alucinógenos. "Nada mais dá resultado", diz House, para escandalizar sua equipe de médicos. Mas nem os cogumelos funcionaram comigo. Nem dormir sem travesseiro, nem fazer ioga, nem receber avidamente as agulhinhas da acupuntura. Nem repassar a vida inteira no ritmo da psicanálise (e descobrir muitas coisas, algumas nefastas, mas nenhuma que afugentasse a dor). Nem parar de tomar vinho, nem de comer queijo, amêndoas, pistache. Nem consumir uma farmácia e meia de medicamentos agressivos. Nada disso me livrou do despontar insidioso e repentino das dores. A única coisa que eu não havia experimentado era isto, parar de fumar. E, claro, para piorar, Sacks diz que não há provas sobre a relação do cigarro com as enxaquecas. No momento em que li e sublinhei isso, senti vertigem e desesperança.

O que mais me inquieta é que estou em franca trégua da doença. Que posso parar de fumar e acreditar que está tudo bem agora, e ainda assim outro ciclo de enxaqueca vir a começar daqui a um ano. Meu neurologista, por outro lado, tem bastante certeza. Estudou sete anos de medicina, depois mais outros três na especialização, tudo para terminar me dizendo isto: que fumar é prejudicial à saúde.

*

Dia vinte e seis do tratamento, dia vinte e seis menos catorze sem fumar.

Além de uma leve náusea que logo vai embora, não experimentei maiores incômodos. Acabo de reler a lista de efeitos colaterais, e nada. Apenas duas "dores" de cabeça – sou contra as aspas irônicas, mas é que quase não doeram, nada nem de longe semelhante a meus cachos. Que dores mais ridículas essas que podem ser neutralizadas só com aspirina. Não merecem respeito.

Conforme a bula do Champix, além das náuseas e cefaleias podem sobrevir sonhos anormais, insônia, sonolência, enjoos, vômitos, gases, disgeusia, diarreia, congestionamento e dor abdominal. A questão dos sonhos anormais não me preocupa, porque meus sonhos nunca foram muito normais. Mas me parece problemática essa coisa de sonolência e insônia, que é como dizer amor e ódio. A disgeusia (alteração no paladar) eu adoro. Adoraria poder um dia me desculpar por algo com uma justificativa como "sinto muito, tenho disgeusia". Quanta elegância.

Também existem alguns rumores sobre o Champix que costumam figurar em notas sobre ciência nos jornais e aos quais não dou crédito, porque não acredito nas notas sobre ciência. Que grande lorota, essas páginas sobre ciência: na segunda-feira informam a respeito de importantes estudos feitos por prestigiosas universidades sobre as benesses do vinho ou das amêndoas, e na quarta dizem que os mesmos fazem mal. Lembro desta criação de Parra: "Pão faz mal / Todos os alimentos fazem mal". É como os horóscopos: semana passada dizia a mesma coisa na segunda para Libra, e no sábado, para Peixes.

Seja como for, o que dizem é que muita gente que toma Champix começa a ter pensamentos suicidas. Descubro na internet que no período de um ano foram registradas 227 tentativas de suicídio, 397 transtornos psicóticos, 525 comportamentos violentos, 41 casos de pensamentos homicidas, 60 de paranoia e 55 de alucinações. Não acredito em nada disso.

Até agora meu maior problema tem sido as mãos. Não sei o que fazer com as mãos. Me apego aos bolsos, aos corrimões, às bochechas, às embalagens, aos copos. Sobretudo aos copos: agora me embriago mais rapidamente, o que não é um problema, pois conto com a compreensão dos demais.

Me incomoda essa aprovação unânime ao que muitos chamam – com o cigarro em mãos – de minha corajosa decisão. Te admiro, uma pessoa terrível me disse hoje, e acrescentou, com um gesto sombrio e calculado: Eu não conseguiria.

*

Você está fumando?

Não, mãe. Estou rezando.

*

É o dia trinta e cinco do tratamento, dia vinte e um sem fumar.

Almocei com Jovana, no centro. Não acredita que eu tenha parado de fumar. Ela fuma com tanta alegria que me dá inveja, embora deva admitir que, secretamente, surgiu em mim certa satisfação, que em todo caso é ambígua, porque não realizei esforço algum: foi o remédio que me invadiu, simplesmente.

Somos a única minoria que ninguém defende, disse Jovana, rindo e impostando sua voz cálida e grave, uma voz de fumante. Depois acrescentou, como se falasse em nome de todos os fumantes do mundo: A gente contava com você.

Depois disse que era impossível se lembrar do pai, que falecera recentemente, sem um cigarro nos lábios. Aquele homem às vezes saía muito cedo, sem aviso, e quando lhe perguntavam aonde ia, respondia, energicamente: Vou matar o tempo, oras! Quanta sabedoria, penso. Caminhar, caminhar e fumar para matar o tempo.

Penso que estou me reeducando em algum aspecto desconhecido da vida.

Releio ou apago uns arquivos antigos e encontro esta anotação de um ano atrás: "Estou com um machucado no indicador da mão direita que não me deixa fumar direito. De resto, tudo certo".

*

O que é verossímil para um fumante, para um não fumante é literatura. Aquele magnífico conto de Julio Ramón Ribeyro, por exemplo: o fumante desesperado se jogando pela janela para resgatar um maço, ou anos depois, muito doente, indo até a praia só para desenterrar, com a destreza de um cachorrinho ansioso, os cigarros escondidos na areia. Os não fumantes não entendem essas histórias. Acham-nas exageradas, veem-nas com displicência. Um fumante, por outro lado, guarda-as com carinho.

"O que seria de mim se não tivessem inventado o cigarro?", escreve Ribeyro em 1958, numa carta a seu irmão: "São três da tarde e já fumei trinta". Depois explica, citando Gide, que, para ele, escrever é "um ato complementar ao prazer de fumar". E numa mensagem posterior despede-se com enorme coerência: "Resta-me um cigarro, portanto dou por encerrada esta carta".

Eu conseguia fumar sem escrever, sem dúvida, mas não conseguia escrever sem fumar. Por isso me aterroriza, agora, a possibilidade de parar de escrever. A única coisa que consegui fazer nestes dias foi continuar timidamente estas anotações.

*

Acabo de chegar a Punta Arenas. Pela primeira vez, consegui ler no avião. Comecei a viajar já mais velho, nunca estive num voo em que se podia fumar, e como não podia fumar eu também não conseguia ler. Ficava nervoso com a presença de cinzeiros nos assentos.

Lembrei desta frase brilhante e taxativa de Italo Svevo: "É impossível ler um romance sem fumar".

Mas é possível, sim. Todavia, não me lembro de nada do que li. Li mal. Não sei se li mal um romance bom ou se li bem um romance ruim. Mas li; é possível.

Fechei o arquivo, omitindo a recaída. Que maravilha, mentir diariamente, seu idiota. Tenho que contar. Foi no cemitério de Punta Arenas. Minha maior vontade era ir até lá e relembrar do poema de Lihn que fala de "uma paz que luta para se consumir". É a impressão que fica depois de ver os ciprestes ("a fila dupla dos obsequiosos ciprestes"), os inspirados mausoléus, os túmulos para anjinhos, as lápides em idioma estrangeiro, os nichos elaborados, as flores milagrosamente frescas. Olhei para o mar, enquanto Galo Ghigliotto brincava com umas pedras de gelo no bebedouro e Barrientos aproveitava para visitar os túmulos de seus familiares. Fomos embora, caminhando em silêncio. Pensava nessa paz a que Lihn se referia, essa paz que luta para se consumir. E de repente, como se fosse normal, pedi um cigarro para Galo, e foi apenas na quarta ou na quinta tragada que lembrei que havia parado de fumar. Só então senti o amargor, uma rejeição enorme. Terminei o cigarro, mas com esforço.

Realmente não fumo mais, penso.

Realmente não penso mais, fumo.

O remédio não me deixa fumar.

*

Dia quarenta / vinte e seis.

Levo o livro de Sacks na bolsa, todo sublinhado, disposto a mostrar ao médico que nada indica que haja uma relação entre fumar e padecer de cefaleia agrupada. "Sacks é divertido", responde o neurologista. Mas não tem certeza se de fato o leu. Faço-o ver a contradição no que acaba de dizer. Como sabe então que Sacks é divertido? Ele não me ouve. Fico agressivo. Antigamente os médicos liam, digo então, antigamente os médicos eram cultos.

Não parece ficar ofendido, mas olha para mim como alguém olharia para um extraterrestre. Alguém como o médico, não como eu – eu nunca olharia para um extraterrestre desse modo tão obviamente surpreso.

Ofereço-lhe o livro de Sacks, mas ele não o aceita. Agora sim fica bravo. Me passa um sermão, como se falasse com uma criança. Discursa contra o cigarro com muita ênfase, e eu sinto que ele está descascando alguém muito querido para mim, alguém que não merece ser difamado. Mas o que mais quero no mundo é que minha cabeça não doa mais desse jeito tão terrível. Continuarei o tratamento, claro que sim. Tenho fé.

Lembro de uns versos de que Sergio gostava, acho que de um poema de Ernst Jandl: "O médico me disse / que não posso mais beijar". No meu caso, o médico disse que não posso mais fumar.

*

Mais ou menos aos onze anos eu me tornei, quase simultaneamente, um leitor voraz e um fumante bastante promissor. Depois, nos primeiros anos da faculdade, construí um vínculo mais estável entre a leitura e o tabaco. Nessa época, Kurt lia Heinrich Böll, e como a única coisa que eu fazia era imitar Kurt para tentar ser amigo dele, consegui um exemplar de *Pontos de vista de um palhaço*, um romance muito bonito e amargo em que os personagens fumavam o tempo inteiro, acho que em todas as páginas ou a cada página e meia. E sempre que acendiam seus cigarros eu pegava o meu, como se essa fosse minha maneira de participar do romance. Talvez seja a isso que os teóricos da literatura se refiram quando falam do leitor ativo, um leitor que sofre quando os personagens sofrem, que se alegra com suas alegrias, que fuma quando eles fumam.

Continuei lendo Böll com a certeza de que sempre que alguém fumasse em seus romances eu também o faria. E acho que em *Bilhar às nove e meia*, e em *E não disse nem mais uma palavra*, e em *Casa sem dono*, os romances de Böll que li a seguir, as pessoas também fumavam muito, mas não tenho certeza. Foi então que me tornei um fumante compulsivo. Um fumante, para ser mais preciso, profissional.

Não sou estúpido a ponto de dizer que me tornei um fumante profissional por culpa de Heinrich Böll. Não: foi graças a ele. Isso tudo deve soar muito frívolo. Graças a seus romances, compreendi melhor meu país e minha própria história. Esses romances mudaram a minha vida. Mas será que conseguiria voltar a lê-los sem fumar?

Além disso, numa passagem venerável de seu *Diário irlandês*, o próprio Böll diz que seria impossível ver um filme se nos cinemas não fosse permitido fumar. Querido amigo morto, você não sabe quantas vezes, devido à vontade de fumar, saí da sala no meio do filme.

*

Quinquagésimo / trigésimo sexto.

Demorava dois cigarros da minha casa até o salão de bilhar. Em 1990, aos catorze anos. Dois cigarros, o primeiro ao sair de casa, seguido de um intervalo, e depois o segundo, que terminava logo antes de entrar no bilhar da Primera Transversal, onde acendíamos outro que não era o terceiro, e sim o primeiro de uma longa jornada de tacos e carambolas. A todo instante havia um cigarro aceso se equilibrando nos lábios de alguém do grupo. (Lembro de uma expressão que sempre gostei: "Calma e giz". Preciso de calma e giz.)

Também no tênis: demorava dois cigarros e meio para chegar à casa de meu primo Rodrigo, e depois mais um até um terreno descampado onde alguém generoso ou sem noção havia instalado uma rede. A cada tanto parávamos para fumar, e lembro que em vários momentos fumávamos enquanto estávamos jogando. Ele sempre me vencia no tênis e eu sempre o vencia no esporte radical do fumo.

*

Nova recaída, ontem à noite, em Buenos Aires, associada à minha nova cordialidade.

Minha nova cordialidade consiste em me aproximar demais das pessoas, no estilo desses seres que te abraçam inesperadamente. Ou seja, imito pessoas que sempre depreciei. É nisso que estou me transformando. Agora, sufoco a ansiedade expressando sentimentos prematuros, mas também não é que saia atacando qualquer um. Me aproximo de pessoas abraçáveis, pessoas que me pareciam, após projetar impressões momentâneas, merecer esse contato. Meu gesto não é, propriamente, um abraço, mas sim um movimento leve acompanhado de risadas indignas e nervosas.

Estava com Maizal, Matón, Libertilla, Merlán, Capella, Valeria e vários recém-conhecidos que em pouco tempo já considerava novos e duradouros amigos. Além da cerveja – agora consigo tomar cerveja novamente, depois de, por anos, culpá-la injustamente pelas enxaquecas: o problema é que não gosto tanto assim de cerveja –, havia um fator importante contribuindo para minha euforia: a alegria do turista, a bênção de estar de passagem. Dessa posição cômoda acompanhei as terríveis discussões literárias *internas*. Enfrentavam-se, jogavam duro, apelavam para princípios difusos e ainda assim legítimos, mas milagrosamente certa harmonia ou camaradagem prevalecia em meio a tudo. Agradeci pela hospitalidade obedecendo: anotei os títulos de todos os livros que me recomendaram num guardanapo – com o qual, no fim, por um descuido lamentável, limpei a boca –, comi coisas extremamente gordurosas e tomei cada gole de cerveja com avidez.

De repente se interessaram pelo processo que eu estava vivendo, e me vi explicando, em meu torpe dialeto chileno, que parei de fumar não por opção, mas por recomendação médica, por causa das enxaquecas. Foi estranho ninguém na mesa ter expressado que padecia ou que em algum momento padeceu de enxaquecas, que é um desvio natural da conversa. Notei que prestavam atenção demais no meu jeito de falar, mas por sorte o crítico de Rosario ou Córdoba – um sujeito rude e ao mesmo tempo agradável que até então tinha participado de forma difusa na conversa: às vezes parecia interessado, mas no resto do tempo observava-nos com uma cara de desprezo – olhou para mim com seus brilhantes olhos de louco e me disse faz o favor de voltar a fumar, chileno. Maizal falou que assinava embaixo, Matón apoiou, bem como Libertilla, e logo todos gritaram vai, vai, chileno, volta a fumar, faz isso pelo Chile.

Obedeci. Bastou esse breve slogan para eu pegar, acender e tragar um Marlboro vermelho. O gosto era horrível; do segundo, todavia, já consegui gostar mais. Minha concessão restituiu a normalidade ao ambiente, e o rosarino – que talvez fosse cordobês ou saltenho – começou um relato sobre sua experiência como participante em sessões de sexo grupal. Em algum momento pensei que seu objetivo verdadeiro era levar todos nós para a cama, mas ele queria apenas expor um pouco sua intimidade. E a seguir, como se finalizasse um roteiro caprichoso, voltou à sua natureza de conversador inconstante.

O último cigarro da noite foi para acompanhar uns uísques que Pedrito Maizal me pagou no bar do hotel. Acordei ao meio-dia, com tempo suficiente apenas para fazer minha mala e partir para o Ezeiza. A temida ressaca era dupla; pela primeira vez distingui as camadas, os níveis da ressaca. A embriaguez do álcool foi suportável, mas a dos oito ou nove cigarros ainda persiste. Parece que o remédio prolonga, num espírito pedagógico, a sensação de nojo. De agora em diante tentarei controlar melhor minha nova cordialidade.

*

Caminhando pela Agustinas esta manhã, vi um homem aproximadamente da minha idade, da minha altura e também da minha cor caminhar fumando em minha direção.

Por um milésimo de segundo pensei que era estranho ele estar com *aquilo* na boca. A baforada foi muito longa, como se estivesse em câmera lenta.

De repente fiquei com vontade de absorver ou devorar seu rosto. Senti um estranhamento e depois certa rejeição. Achava aquele homem repugnante. Mais tarde – logo depois, imediatamente, porém mais tarde – entendi que a repugnância se devia à enorme semelhança que nos irmanava.

Somos muito parecidos, salvo por quatro diferenças muito óbvias: a cor da calça (eu nunca usaria roupas desse tom chamado cáqui), um brinco em forma de gancho que pendia de sua orelha esquerda, minha barba por fazer versus seu rosto liso e, bem, a importante presença em sua boca daquele cigarro, que antes também estaria na minha.

*

Leio numa quarta capa de Fogwill:

"Naveguei muito, plantei algumas poucas árvores e criei quatro filhos. Enquanto termino de corrigir os textos que integram esta edição, aguardo o nascimento do quinto. Pensar ao sol, navegar, gerar filhos e servi-los são as atividades que faço melhor: espero continuar a repeti-las."

Em seguida me lembro de um texto de Nicanor Parra, "Missão cumprida":

Árvores plantadas	17
Filhos	6
Obras publicadas	7
	___
Total	30

Não cometerei a estupidez de repassar minha vida nesses termos. Mas ontem, no escritório, com Jovana, brincando no Excel, terminamos em meio a uma perigosa contabilidade. Agora sei o cálculo aproximado de quantos cigarros fumei na vida. E de quanto dinheiro gastei. Levo adiante este caderno com certa intenção terapêutica, mas não me atrevo a anotar aqui esses valores. Me dá vergonha. Mas é verdade: somando o dinheiro mensal, acumulei uma espécie de dividendo que estou pagando há décadas. Ou seja, sou uma pessoa que preferiu fumar a ter uma casa. Alguém que fumou uma casa inteira.

*

Nova recaída. Os detalhes não importam. Estava desesperado, e fumar não resolveu o problema (porque o problema não tem solução). De novo senti nojo, mas ao menos o asco conseguiu me distrair.

*

Outra recaída: um prolongamento da anterior, na verdade. Semienxaqueca que não consegui cortar com os remédios antigos. Não acho que seja em cachos, a dor era diferente. Além do mais, a garganta e o estômago e o corpo todo também doem.

"O tabaco está queimando na ponta de seu cigarro", dizia um personagem de Macedonio.

*

Dia sei lá qual do ano dois mil e nunca.

Lembro de quando morava num apartamento perdido em Vallecas, na Calle La Marañosa, dividindo o andar com três guardas de segurança espanhóis (dois homens e uma mulher muito grávida, que trabalhava em Barajas) e um ex-policial argentino que tentava a sorte. Uma manhã em que eu estava com febre e quase sem voz, acendi um Ducados áspero, olhei pela janela e declamei em voz alta, numa espécie de grito moderado e emocionante, o poema de Enrique Lihn sobre Madri:

Não sei que merda estou fazendo aqui
velho, cansado, doente e pensativo.
O espanhol em que fui parido
pai de tantos vícios literários
e do qual não consegui me livrar
pode ter me trazido a esta cidade
para me fazer sofrer o que mereço:
um solilóquio em uma língua morta.

Era como se do alto de uma varanda eu estivesse cumprimentando a todos e a ninguém, vingando-me da cidade, mas de algum modo também, à minha maneira, cortejando-a. Acho que aquele Ducados está na lista dos melhores cigarros da minha vida.

*

"Escuridão fumada com empenho", diz um poema de R. Merino. A imagem é precisa: a última faísca, levantando a cabeça para evitar a perda desse fogo escasso, ou o desastre maior de tatear o cobertor como um cego, sem nunca saber se realmente apagamos a brasa solitária. O perigo de acontecer um Clarice Lispector.

Outro hendecassílabo, também de Merino, compassivo: "Não há outro cigarro além do que fumas". Onetti na cama sem cigarros, furioso, mal-humorado, escrevendo *O poço*. Que existencialismo, que nada: falta de tabaco. "Fumei meu cigarro até o fim, sem me mover."

Parei de fumar por causa das enxaquecas, mas talvez não tenha sido o motivo principal. Acontece que sou covarde e ambicioso.

Sou tão covarde que quero viver mais. Que coisa mais absurda, realmente: querer viver mais. Como se eu fosse, por exemplo, feliz.

Já acabei os comprimidos, já passou o dia número noventa. E parei de contar os dias. Não fumo mais. Agora digo isso com segurança, inclusive. Não, não fumo. Tenho vontade de fumar, mas é uma vontade ideológica, e não física.

Porque a vida sem cigarro não é melhor. E as enxaquecas voltarão cedo ou tarde, fumando ou não fumando.

*

"Dor de cabeça violenta, mas muito feliz", anota Katherine Mansfield em seu diário. Refere-se a uma dor violenta, porém menos que a habitual, e por isso prazerosa? Não entendo.

Jazmín Lolas entrevista Armando Uribe:

"– Nunca teve medo de morrer por causa do cigarro?

– Veja, para mim dá no mesmo, não sou a favor de que nós, seres humanos, vivamos em média tantos anos."

*

A best-seller mexicana Fernanda Familiar – estrela da televisão, blogueira e comadre de Gabriel García Márquez – passeia pela Feira do Livro de Lima com um cigarro eletrônico. É a nova invenção para parar de fumar e no momento o produto que mais desejo. Não é vendido na feira, infelizmente, e dizem que é caro. E, além do mais, já parei de fumar. Que idiotice, agora nem sequer posso tentar parar de fumar. Não apenas parei de fumar, também parei de tentar parar de fumar.

Por duzentos sóis – aproximadamente sete pisco sours duplos tamanho família – compro as primeiras edições de *Agua que no has de beber*, de Antonio Cisneros, e *Los elementos del desastre*, de Álvaro Mutis, achados casuais que justificariam qualquer viagem. Mas não os leio. Parece que não gosto mais de livros.

*

Deveria dizer, copiando Pessoa: "Cheguei a Santiago, mas não a uma conclusão".

Ontem umas pessoas me perguntaram qual era, para mim, o grande problema da literatura chilena. Já é absurdo o suficiente o fato de uma pergunta como essa surgir numa conversa de corredor. As conversas de corredor, além do mais, sempre fracassam, ou ao menos assim me parecem, na maioria das vezes: nada mais que promessas de dispersão. No entanto respondi, com segurança, que o problema da literatura chilena era o costume de escrever *cigarrillo* em vez de *cigarro*. No Chile ninguém fala *cigarrillo*, falamos *cigarro*, argumentei, como se socasse uma mesa imaginária, mas os escritores chilenos escrevem *cigarrillo*, e ao final acrescentei uma frase absolutamente demagógica: Eu faço parte dos que escrevem *cigarro*.

A frase teve um efeito imediato. Pareceram aprová-la, mas a conversa definhou.

Conversas entre mais de quatro pessoas nunca terminam bem, especialmente se acontecem num corredor. Devo aceitar, isso sim, que estou deprimido e um pouco irritadiço. Meu comportamento me desagrada.

*

A noite passada em claro, como se diz. Noites sem dormir, lendo ou escrevendo, e o tédio diante do cinzeiro cheio. Quase de madrugada, as bitucas iam parar na borra do café: era sempre o último, até preencher o fundo todo. Uma espécie de alfineteiro escabroso, do qual agora me recordo com nostalgia.

Que idade eu tinha quando li *A consciência de Zeno*? Acho que vinte ou vinte e um. Poucas vezes ri tanto, embora naquela época pensasse que não se devia rir com os livros. "Por conta dos danos que me causa, nunca mais voltarei a fumar, mas antes quero fazê-lo uma última vez."

"Agora tudo é infinitamente mais sem graça", Braithwaite me confessou, dois anos atrás, quando passou pelo Champix. Parecia desamparado, um cachorro trôpego latindo para o abismo. Depois me disse que, sem fumar, nenhum livro era bom, que não desfrutava mais das leituras. Meses mais tarde voltei a vê-lo, e estava deslumbrante ao acender um cigarro e me dizer, olhando nos meus olhos: "Estou reabilitado". Naquela tarde, meu amigo me falou sobre autores fabulosos que acabava de descobrir, sobre romances impensáveis e poemas geniais. Havia recuperado a paixão, a malícia e a honra. E o amor pela vibração da própria voz. E a beleza.

Hoje, em determinado momento, tive a seguinte sensação: um alívio órfão. E aceitei que isso é realmente verdade, que tudo é infinitamente mais sem graça. A literatura, sem dúvida. E a vida, sobretudo.

Sou alguém que não fuma por causa do efeito invasivo de um remédio que estragou seu ânimo e sua vida. Sou alguém que nem sabe mais se continuará escrevendo, porque escrevia para fumar e não fuma mais, porque lia para fumar e não fuma mais. Uma pessoa que não cria mais nada. Que apenas anota o que acontece consigo, como se alguém pudesse se interessar em saber que estou com sono, que estou bêbado e que odeio Rafa Araneda com todas as minhas forças.

Sinuca de quina: nos salões de bilhar, quase sempre acontece de não haver espaço suficiente em volta de uma mesa e assim não conseguimos nos acomodar bem para mirar a bola. Isso se chama sinuca de quina.

Assim é minha vida agora.

Ontem à noite escrevi este começo de tango:

Triste e tranquilo
nada mais espero
talvez só um dia
sem nuvens nem sol.
Observo com calma
o cinzeiro
minha voz esvaziada
de luz e de amor.

Gosto da imagem do cinzeiro vazio, como nunca, como agora: incompreensivelmente vazio.

*

Os cigarros são os sinais de pontuação da vida. Agora vivo sem pontuação, sem ritmo. Minha vida é um tolo poema de vanguarda.

Vivo sem cigarros para começar uma pergunta. Cigarros que terminavam quando nos aproximávamos perigosa ou felizmente de uma resposta. Ou da ausência de uma resposta.

Cigarros de exclamação. Suspensivos. Queria fumar com a elegância de um ponto e vírgula.

Viver sem música, numa continuidade insuportável, sem a volta nem a aproximação de uma frase que se acerca e se distancia.

Leio Richard Klein e penso que deveria celebrar suas frases fumando. Tem toda a razão: "Fumar induz formas de satisfação estética e estados de consciência reflexiva que pertencem aos mais irresistíveis tipos de experiência artística e religiosa", diz.

Em minhas primeiras lembranças musicais há uma música de Roque Narvaja que tem um belo refrão: "Espero pela manhã acordado / fumando o tempo, deitado / preenchendo o espaço com seu rosto / canela e carvão". Na época, com seis ou sete anos, eu ficava impressionado com a imagem de um homem fumando o tempo. Com certeza foi a primeira vez que associei o fumo à passagem do tempo.

Como era boa essa música: "Pelas ruas da minha vida / vou confundindo a verdade e a mentira". Gosto quando o sujeito diz "parei de beber / e eu como tua fruta preferida".

É verdade que, pelas ruas da minha vida, vou misturando a verdade e a mentira. Já a coisa da fruta preferida, nem sei qual é a minha. Em todo caso, jamais será aquela coisa asquerosa que à primeira vista é semelhante à melancia e que no México, na Colômbia e no Equador, e acho que também na Venezuela, se chama papaia, mas que não se parece em nada com a papaia chilena (dizem que é a mesma fruta, mas custo a crer. E não quero pesquisar isso na internet). Não parei de beber – deveria –, mas há cinco meses parei de fumar, e isso me transformou numa pessoa muito mais sã e muito menos alegre.

Abro o suplemento do jornal e leio "Natal solitário" onde na verdade se diz "Natal solidário". Também não sei por que já estão falando de Natal, se ainda falta tanto.

Penso que estamos nos encaminhando para um mundo de merda, onde todas as músicas são cantadas por Diego Torres e todos os romances são escritos por Roberto Ampuero e todos os filmes são estrelados por Robin Williams. Um mundo em que é melhor nem pensar na sobremesa porque a única coisa que existe é um pote enorme cheio de um arroz-doce enjoativo.

*

Sou um correspondente, mas gostaria de saber de quê.

*

Não quero que chegue o dia em que alguém dirá sobre mim: "Ele está acabado. Nem fuma mais".

Esse tratamento foi absurdo.

Obtive uma satisfação muito falsa. Preciso aprender, novamente, a fumar.

Por conta dos danos que me causa, nunca mais voltarei a fumar, mas antes quero fazê-lo uma última vez. Só mais um. Mais mil. Vou fumar apenas mais mil. Os últimos mil cigarros da minha vida.

Não sei se fecho ou se abro parênteses.

Agora:

III

Obrigada

Acho que vocês são namorados e não querem dizer – não somos namorados, respondem em uníssono, e é verdade: há pouco mais de um mês começaram a dormir juntos, comem, leem e trabalham juntos, e por isso uma pessoa exagerada, uma pessoa que olhasse para eles e estudasse cuidadosamente as palavras que dirigem um ao outro, o modo como seus corpos se aproximam e se confundem, uma pessoa impertinente, uma pessoa que ainda acreditasse nesse tipo de coisa diria que eles se amam de verdade, ou que ao menos compartilham uma paixão perigosa e solidária que veio a aproximá-los solidária e perigosamente. E no entanto não são namorados, se existe algo que ambos têm clareza a respeito é justamente isso – ela é argentina e ele, chileno, e de agora em diante é melhor, é muito melhor chamá-los assim, a argentina e o chileno.

Pensaram em ir a pé, falaram sobre como é agradável percorrer grandes distâncias a pé, e inclusive separaram a população entre aqueles que nunca caminham grandes distâncias e os que o fazem, e que por isso são, de certo modo, melhores que os outros. Pensaram em ir a pé, mas num impulso fizeram sinal para um táxi, e sabiam há meses, desde antes de chegarem à Cidade do México, quando receberam um folheto instrutivo cheio de advertências, que nunca deveriam pegar um táxi na rua, mas dessa vez o fizeram, e após avançarem um pouco ela achou que o motorista estava desviando do caminho e disse isso ao chileno em voz baixa e ele a acalmou em voz alta, mas suas palavras nem tiveram tempo de surtir efeito porque logo o táxi parou e entraram dois homens e o chileno agiu de modo corajoso, temerário, confuso, inocente, tolo: deu um soco no nariz de um dos assaltantes e continuou lutando por longos segundos enquanto ela gritava *para, para, para*. O chileno parou, os assaltantes se enfureceram e lhe bateram forte, talvez tenham quebrado algo nele, mas isso foi há muito tempo, já faz dez minutos: já pegaram o dinheiro e os cartões de crédito deles, eles já recitaram a senha do caixa e agora resta um tempo na verdade curto mas que para eles é eterno em que viajam apertando os olhos – fechem os olhos seus filhos da puta desgraçados, dizem os homens, e agora são três porque o carro para, o taxista desce e quem toma o volante é um terceiro assaltante que vinha atrás, numa caminhonete, e o novo motorista bate no chileno e apalpa a argentina, e eles, que recebem os golpes e agarrões com resignação, adorariam saber que o sequestro terminará logo mais, que em pouco tempo caminharão sigilosamente, arrastando-se, abraçados, por alguma rua de La Condesa, porque perguntaram aonde estavam indo e responderam que para La Condesa, e os assaltantes disseram vamos deixar vocês em La Condesa então, a gente não é tão ruim assim, a gente não quer tirar vocês muito do caminho, e um segundo antes de permitirem que os dois descessem, incrivelmente, lhes deram cem pesos para voltarem de táxi, mas é claro que não voltaram de táxi, entraram no metrô e às vezes ela chorava e ele a abraçava e outras vezes ele segurava as lágrimas, confuso, e ela aproximava seus pés dos dele como no táxi, porque os sequestradores os obrigaram a ficar distantes um do outro, mas ela sempre manteve sua sandália direita em cima do sapato esquerdo do chileno.

O metrô fica parado por muito tempo, detido numa estação intermediária por um intervalo de seis ou sete minutos, como costuma acontecer no metrô do DF, e essa demora, que é normal, que eles conhecem, mesmo assim os angustia, parece-lhes intencional e desnecessária, até que as portas se fecham e o trem arranca e enfim chegam à estação e continuam caminhando juntos para chegar à casa onde ela mora com dois amigos, porque a argentina e o chileno não moram juntos, ele mora com uma escritora equatoriana, ela com um espanhol e outro chileno, na verdade não são amigos, ou o são mas não é por isso que moram juntos, todos estão de passagem, são todos escritores e estão no México para escrever graças a uma bolsa do governo mexicano, embora o que menos façam seja escrever, mas curiosamente quando chegam e abrem a porta, o espanhol, um rapaz magro e cordial, com os olhos talvez grandes demais, está escrevendo, e o chileno número dois não está em casa – o único jeito é chamá-lo de chileno dois, esta história é imperfeita porque nela há dois chilenos, deveria haver apenas um, e seria muito melhor se não houvesse nenhum, mas há dois, embora o chileno dois não esteja em casa, e o chileno um e o chileno dois também não sejam amigos, na verdade são de fato inimigos, ou o eram no Chile, porque agora por coincidência estão ao mesmo tempo no México e ambos têm consciência, à sua maneira, de que continuar brigando seria absurdo e inútil, pois além do mais as brigas foram tácitas e nada os impedia de ensaiar uma espécie de reconciliação, embora também ambos saibam que nunca serão amigos e esse pensamento de certa maneira os alivia e os aproxima, do mesmo modo que o álcool os irmana, porque de todo o grupo sem dúvida eles são os melhores de copo, mas o chileno dois não está em casa quando eles chegam do sequestro, só está o espanhol, na mesa da sala, absorto, escrevendo, com uma garrafa de Coca-Cola ao lado, quase como que abraçando a garrafa de Coca-Cola, e quando lhe contam o que aconteceu ele abandona o trabalho e se mostra comovido e os acolhe, incentiva-os a falar, ameniza o clima com alguma piada oportuna e leve, os ajuda a procurar o número de telefone para o qual devem ligar para bloquear os cartões – os assaltantes levaram três mil pesos, dois cartões de crédito, dois celulares, duas jaquetas de couro, um cordão de prata e até uma máquina fotográfica, porque o chileno voltou para buscar a máquina fotográfica – queria fotografar a argentina, porque a argentina é muito bonita, o que também é um clichê, mas fazer o que, de fato ela é muito bonita, e claro que ele pensou que se não tivesse voltado para pegar a câmera eles não teriam pegado aquele táxi, do mesmo modo que outras tantas possíveis antecipações ou atrasos poderiam tê-los salvado do sequestro.

A argentina e o chileno contam ao espanhol o que aconteceu e ao contar revivem tudo aquilo de novo e pela segunda ou terceira vez o compartilham. O chileno se pergunta se o que acaba de acontecer irá uni-los ou separá-los e a argentina se pergunta exatamente o mesmo, mas nenhum dos dois diz nada. O chileno dois chega nesse momento, voltando de uma festa, senta para comer um pedaço de frango e começa a falar imediatamente, sem perceber que algo aconteceu, mas depois repara que o chileno um está com o rosto muito inchado e que tenta aliviar a dor com um saco de gelo, talvez no começo tenha achado natural que o chileno um estivesse com um saco de gelo no rosto, talvez em seu universo singular de poeta seja normal que as pessoas passem a noite com um saco de gelo no rosto, mas não, não é normal passar a noite com um saco de gelo no rosto, então pergunta o que houve e ao ficar sabendo diz que coisa mais terrível, por pouco não aconteceu o mesmo comigo esta tarde, e desata a falar sobre o possível assalto do qual quase foi vítima, do qual se salvou porque resolveu descer do táxi de repente. Enquanto conversam bebem mezcal a goles rápidos, e o espanhol e a argentina devoram um baseado.

Agora chega mais alguém, talvez um amigo do espanhol, e eles voltam ao relato, principalmente a última parte, a última meia hora dentro do táxi, que para eles é uma espécie de segunda parte, porque o sequestro durou uma hora e durante a primeira metade temeram por suas vidas e durante a segunda já não temiam por suas vidas, estavam aterrorizados, porém imaginavam vagamente que, durasse o quanto durasse o assalto, os assaltantes não iriam matá-los, porque o diálogo não era mais violento, ou o era, mas de uma maneira sossegada e distorcida – a gente já tinha assaltado argentinos mas nunca um chileno, diz o que vai de copiloto, e em seu comentário parece haver uma curiosidade genuína, e começa a perguntar ao chileno sobre a situação do país e o chileno responde corretamente, como se estivessem num restaurante e fossem garçom e cliente ou algo assim, e o sujeito parece tão articulado, tão acostumado a repetir esse diálogo, que o chileno pensa que se contar essa história ninguém vai acreditar nele, e essa impressão se acentua nos minutos seguintes quando o que está com eles no banco de trás, o que carrega uma pistola, diz acho que vocês são namorados e não querem dizer e eles respondem em uníssono que não, não são namorados, mas por que, pergunta o assaltante – por que vocês não são namorados se ele nem é assim tão feio, diz, é feio mas não muito, e você ficaria melhor se cortasse esse cabelo, é meio anos setenta, ninguém mais usa o cabelo assim, diz, e também esses óculos enormes, vou te fazer um favor – tira os óculos dele e joga pela janela, e o chileno pensa por um segundo num filme de Woody Allen que acaba de ver no qual os óculos do protagonista são destruídos diversas vezes, o chileno sorri levemente, talvez sorria por dentro, sorri como sorrimos quando estamos em pânico mas sorrimos.

Não vou poder cortar seu cabelo, porque não tenho uma tesoura aqui, me lembra disso amanhã, uma tesoura pra cortar o cabelo dos chilenos que a gente assaltar, porque de agora em diante vamos assaltar só chilenos, foi uma injustiça o que a gente fez, assaltamos muitos argentinos e só esse chileno da porra, de agora em diante vamos virar especialistas em chilenos de cabelo comprido, tenho uma faca mas não dá pra cortar cabelo com faca, a faca é mais pra cortar as bolas dos chilenos malditos, teu namorado tem colhões mas isso quer dizer que ele também pode perder esses colhões, fala pra ele parar de ter colhões, porque eu tenho tanto que estive a ponto de querer te comer, argentina, mas não vou te comer, e não é porque não te acho boa, porque você é bem gostosa, de todas as argentinas que já conheci você é a mais gostosa, mas agora estou trabalhando e quando trepo não consigo trabalhar depois, porque se meu trabalho fosse trepar eu seria um puto e apesar de você não ver meu rosto você sabe que não sou puto, queria que você visse meu rosto pra saber que sou um assaltante bonito pra caralho e que além do mais sabe cortar cabelo apesar de estar sem tesoura aqui agora, porque com a faca não dá pra cortar o teu cabelo, chileno, posso cortar teu pau mas você precisa dele pra comer a argentina, e com essa pistola também não dá pra cortar teu cabelo ou talvez até dê, mas eu perderia as balas e preciso delas para o caso de você voltar a ter colhões e aí sim eu ia comer a argentina depois de te matar, chilenão, eu comeria a tua namorada, porque não pensava em te matar mas até te mataria e não pensava em comer ela mas até comeria, porque ela é realmente gostosa, porque ela poderia ser da melhor boate de strip da cidade, eu escolheria você lá, argentininha, quando eu sair pra putaria vou pedir a mais parecida contigo, argentinona.

O motorista pergunta à argentina se ela torce pelo Boca e, embora parecesse mais conveniente dizer que sim, ela, que torce pelo Vélez, prefere dizer a verdade. Com o chileno não há problema, é torcedor do Colo Colo, que é o único time chileno que os assaltantes conhecem. Depois perguntam por Maradona e a argentina responde algo e o motorista diz uma besteira enorme, diz que Chicharito Hernández é melhor que Messi, e em seguida perguntam de qual time do México os dois mais gostam e a argentina diz que não entende muito de futebol – o que é mentira, porque entende bastante, entende bem mais que esse pobre assaltante que acha que Chicharito é melhor que Messi, e o chileno, em vez de se refugiar numa mentira parecida, fica nervoso e pensa intensamente, durante um longo segundo, se os assaltantes torcem pelo Pumas ou pelo América ou pelo Cruz Azul ou talvez pelo Chivas de Guadalajara, pois ouviu dizer que mesmo no DF muitos torcem pelo Chivas, mas no fim decide dizer a verdade e responde que gosta do Monterrey porque Chupete Suazo joga no time, e o motorista não gosta do Monterrey mas adora o Chupete Suazo e então diz, dirigindo-se a seus companheiros, não vamos matar eles, em homenagem ao Chupete Suazo, vamos perdoar e deixar eles vivos.

Quem é Chupete Suazo, pergunta o chileno dois, que com certeza sabe, mas se sente obrigado a demonstrar que não se interessa por futebol. O chileno um deveria responder, mas o espanhol entende bastante de futebol e diz que é um centroavante chileno que parece gordo e lento mas não é, que joga no Rayados e que teve uma passagem bem-sucedida quando foi emprestado para o Zaragoza, mas voltou para o México porque os espanhóis não tinham euros suficientes para comprar o passe dele. O chileno dois responde que acontece o mesmo com ele, que na verdade é magro mas as pessoas acham que está gordo.

O chileno um e a argentina continuam muito perto um do outro, mas de maneira prudente, pois embora todos saibam ou imaginem que eles estão juntos, tentam de todo jeito fingir e desenvolvem uma estratégia para não serem descobertos, não exatamente por pudor, mas por desesperança, ou talvez porque já passou o tempo em que as coisas eram tão simples como estar junto ou não, ou talvez tudo continue sendo simples assim mas eles não querem saber, e é muito absurdo que não morem juntos porque dormem juntos, porque leem e trabalham, porque comem e dormem juntos – quase sempre é ele que fica para dormir com ela, mas às vezes a argentina também fica no apartamento que o chileno divide com a menina equatoriana. O que o chileno e a argentina querem é ficar sozinhos, mas a noite se prolonga na tentativa de rastrear os detalhes que não lembravam e que ao lembrar acabam proporcionando a eles uma nova e renovada cumplicidade. Finalmente ele diz que vai ao banheiro e entra no quarto da argentina, que fica um pouco mais na sala e depois se retira.

Ela toma um banho longo e obriga-o a também tomar um, para limpar de si o sequestro, diz, pensando nas apalpadas que sofreu, apalpadas em todo caso mínimas, ela agradece, de fato foi isso que disse para os assaltantes quando desceu do carro: obrigada. Ela disse isso muitas vezes essa noite: obrigada, obrigada a todos. Para o espanhol que os acolheu, para o chileno que os ignorou mas em alguma medida também os acolheu. E para os assaltantes, de novo, não é demais voltar a dizer: obrigada, por não terem nos matado e porque a vida pode continuar.

Também diz obrigada para o chileno um, enquanto se acariciam sabendo que nessa noite não farão amor, que passarão as horas muito juntos, perigosamente juntos, solidários, conversando. Antes de dormir ela lhe diz obrigada e ele demora a responder mas diz com convicção: obrigado. E dormem mal, mas dormem. E continuam conversando no dia seguinte, como se tivessem toda a vida pela frente, dispostos a levar adiante o trabalho do amor, e se alguma pessoa os visse de fora, uma pessoa impertinente, uma pessoa que acreditasse nesse tipo de história, que as colecionasse, que tentasse contá-las bem, uma pessoa que os visse e ainda acreditasse no amor, pensaria que os dois ainda vão continuar juntos por muito tempo.

O homem mais chileno do mundo

para Gonzalo Maier

Em meados de 2011 ela ganhou uma Bolsa Chile e partiu para um doutorado em Lovaina. Ele dava aula num colégio particular de Santiago, mas queria ir com ela e viver uma espécie de "para sempre", porém, depois de algumas voltas em torno do assunto, no fim de uma noite triste em que transaram muito mal, decidiram que era melhor se separar.

Nos primeiros meses era difícil saber se Elisa de fato sentia falta dele, embora ela desse todo tipo de sinal e ele acreditasse estar interpretando-os corretamente – tinha certeza de que os longos e-mails e as mensagens caprichosas e em tom de flerte em sua página do Facebook, e sobretudo as inesquecíveis tardes-noites (tardes dele, noites dela) de sexo virtual por Skype podiam ser interpretadas de apenas uma maneira. O normal seria continuar assim por um tempo e pouco a pouco irem esfriando, esquecendo um do outro, e talvez, no melhor dos casos, voltarem a se ver alguma vez, muitos anos depois, com outros fracassos no corpo, agora sim dispostos a tudo. Mas uma executiva do Banco Santander, agência Pedro Aguirre Cerda, ofereceu a Rodrigo uma conta-corrente e um cartão de crédito, e logo ele se viu indo de uma tela a outra, marcando as opções "sim" e "aceito", inserindo os códigos B4, C9 e F8, e foi assim que, no começo de janeiro, sem contar para ninguém – sem contar para ela –, partiu para a Bélgica.

Não havia um fio da meada, não havia constante alguma em seus pensamentos durante a viagem que durou quase um dia inteiro. No avião para Paris, ficou impressionado com as numerosas turbulências, mas como voara pouco na vida e nunca um trecho consideravelmente longo, agradecia, de certo modo, a sensação de aventura. Não chegou a sentir realmente medo e até se imaginava dizendo, muito corriqueiramente, que o voo havia sido um pouco difícil. Levava alguns livros na mochila, mas era a primeira vez que viajava num avião com tantas opções de entretenimento, de modo que passou horas tentando decidir quais filmes ou séries queria ver e no fim das contas não viu nenhum inteiro, mas por outro lado jogou, com resultados surpreendentes, várias partidas de "Quem quer ser um milionário".

Caminhando pelo Charles de Gaulle para pegar o trem, teve o pensamento cômico ou talvez convencional de que não, não queria ser milionário, nunca quisera ser um milionário. E essa ideia trivial, circunstancial, um pouco tola, conduziu-o, quem sabe como, a uma palavra desprezada, denegrida, mas que agora resplandecia brevemente ou ao menos brilhava um pouco, ou era menos opaca que de costume, ou era opaca e séria e de grandes proporções mas não o envergonhava: *maturidade*. Continuou pensando sobre isso no trem que o levava de Bruxelas a Lovaina. Gastar inexplicavelmente quase todo o limite de seu cartão numa passagem para a Bélgica para visitar Elisa lhe parecia um sinal de maturidade.

E o que aconteceu em Lovaina? O pior. Mas às vezes o pior é o melhor. É preciso dizer que Elisa poderia ter sido mais amável, menos cruel. Mas se tivesse sido mais amável, talvez ele não tivesse conseguido entender. Ela não quis correr o risco de isso acontecer. Ele telefonou da estação, Elisa pensou que era uma brincadeira, mas começou a se aproximar enquanto falavam até que conseguiu vê-lo de uma esquina, a cem passos, mas não disse que estava ali, e ele continuou falando, sentado na mala, vacilante e ansioso, olhando para o chão e depois para o céu com uma mistura de confiança e ingenuidade que Elisa achou repulsiva – não conseguia ordenar seus sentimentos, seus pensamentos, mas uma coisa era certa: não queria passar aqueles dias com Rodrigo, nem aqueles nem outros, nem nenhum. E talvez ainda estivesse um pouco apaixonada por ele, amava-o, gostava de falar com ele, mas aparecer assim sem mais nem menos, como num filme ruim, disposto a abraçar e a ser abraçado, disponível para se transformar na estrela, no herói que atravessa o mundo por amor, era para Elisa muito mais uma afronta e uma humilhação do que uma alegria.

Voltando para casa a passos apressados, sentia a vibração permanente do celular no bolso, mas só foi atender meia hora mais tarde, já debaixo das cobertas, devidamente segura: não vou te buscar, não quero te ver, estou namorando (mentira), moro com ele, não quero te ver nunca mais, disse. Houve mais nove chamadas e nas nove vezes ela respondeu a mesma coisa, e no fim acrescentou, para dar um toque de verossimilhança, que seu namorado era alemão.

É claro que há outros motivos, há uma história paralela a esta em que se conta com pormenores por que ela não quer vê-lo nunca mais; uma história que fala da necessidade de uma mudança verdadeira, de deixar para trás seu pequeno mundo chileno de colégio de freiras, seu desejo de seguir outros rumos, enfim, é coerente e também saudável terminar definitivamente com Rodrigo, talvez não dessa maneira, talvez não seja justo deixá-lo sentado ali, desejoso e vacilante, mas precisava terminar com ele. Além do mais, agora, deitada na cama e ouvindo algum disco do amplo espectro de música alternativa (o último do Beach House, por exemplo), sente-se tranquila.

Rodrigo ensaia uma caminhada rápida e atordoada pela cidade. Acredita ter visto vinte ou trinta mulheres mais bonitas que Elisa, pensa por que Hans – resolve que o alemão se chama Hans – foi escolher justamente essa chilena que não é tão voluptuosa nem tão morena, e então se lembra de como Elisa é boa de cama e se sente devastado. Continua caminhando, mas já não vê nada além de uma cidade bonita cheia de gente bonita, enquanto pensa que Elisa é uma puta e outras coisas comuns a quem acaba de levar um fora. Caminha sem rumo, mas Lovaina é uma cidade pequena demais para caminhar sem rumo, e em pouco tempo está de volta à estação. Detém-se na frente da Fonske, é quase a única coisa que Elisa lhe contou sobre a cidade: que há um chafariz com a estátua de um menino ou estudante ou homem que lê num livro a fórmula da felicidade e joga água (ou cerveja) na própria cabeça.

O chafariz lhe parece mais estranho que engraçado, inclusive agressivo ou grotesco, embora evite as ironias sobre a felicidade, sobre a fórmula da felicidade. Continua observando o chafariz, que por algum motivo nesse dia está seco, desligado, enquanto fuma um cigarro, o primeiro desde que desceu do trem, o primeiro em solo europeu, um peregrino Belmont chileno. E embora em todo esse tempo tenha sentido muito frio, só agora sente a premência do vento gelado no rosto e no corpo inteiro, como se o frio realmente tentasse calar seus ossos. Abre a mala, encontra uma calça folgada e a veste por cima, bem como a outra camisa polo e um gorro, mas não trouxe luvas. Por um momento, deixando-se levar pelo drama e pela raiva, pensa que irá morrer de frio, literalmente. E que isso é uma ironia, porque Elisa é que era friorenta, a namorada mais friorenta que já teve, a mulher mais friorenta que conheceu, aquela que inclusive no verão, de noite, costumava colocar casacos, xales e bolsas de água quente.

Sentado próximo à estação, junto a um pequeno restaurante de waffles, lembra da piada do homem mais friorento do mundo, a única piada que seu pai contava. Lembra do pai ao redor de uma fogueira, na extensa praia de Pelluhue, muitos anos atrás: costumava ser esquivo e comedido, mas quando contava essa piada virava outra pessoa, cada frase saía de sua boca como se tivesse sido impulsionada por um mecanismo misterioso e efetivo, e ao vê-lo assim, preparando sabiamente o público, agraciado pelas gargalhadas iminentes, alguém poderia dizer que era um homem engraçado e genial, até mesmo um especialista nessas piadas compridas, que podem ser contadas de tantas maneiras, porque o que importa não é o final e sim a graça do narrador, seu tino para os detalhes, sua capacidade para preencher os espaços com digressões sem perder o interesse da audiência. A piada começava em Punta Arenas, com um menino chorando de frio e seus pais desesperados cobrindo-o com mantas típicas de Chiloé, e depois, sem ter o que fazer diante da evidência, resignados à ideia de procurar um lugar com um clima melhor para morar, começam a subir pelo mapa do Chile em busca de sol, de Concepción a Talca, Curicó, San Fernando, sempre rumo ao norte, passando por Santiago, e, depois de muitas aventuras, La Serena e Antofagasta, até chegar a Arica, a cidade da primavera eterna, mas não há jeito: o menino, que àquela altura já é um adolescente, continua sentindo frio. Já adulto, o homem mais friorento do mundo viaja pela América Latina em busca de um clima mais adequado, mas nem em Iquitos nem em Guayaquil nem em Maracaibo nem em Mexicali nem no Rio de Janeiro deixa de sentir aquele frio profundo e dilacerante, e o mesmo ocorre no Arizona, na Califórnia, no Cairo e em Tunes, lugares que o viram chegar e sair cheio de cobertores, tremendo, tendo convulsões, reclamando o tempo inteiro, mas sempre de maneira amável porque, apesar de estar sempre desconfortável, o homem mais friorento do mundo mantinha a simpatia, a cordialidade, e talvez tenha sido por isso que, quando o temido desfecho se cumpriu – porque o homem mais friorento do mundo, que era chileno, enfim morreu de frio –, ninguém duvidou de que iria direto, sem maiores trâmites, para o Céu.

Cairo, Arizona, Tunes, Califórnia, pensa Rodrigo, quase sorrindo: Lovaina. Não vê o pai há meses, se distanciaram por alguma besteira. Pensa que ele gostaria que o filho fosse corajoso numa situação como essa. Não, não sabe realmente o que o pai pensaria sobre uma situação como a que está vivendo. Ele nunca teria um cartão de crédito e muito menos viajaria irresponsavelmente milhares de quilômetros para levar o soco no estômago que o filho acaba de tomar. O que meu pai faria numa situação assim?, Rodrigo se pergunta de novo, inocentemente. Não sabe. Talvez devesse voltar logo para o Chile, ou também, por que não, ficar ali para sempre, tentar a vida. Decide, primeiro, voltar para Bruxelas.

As pessoas viajam de Lovaina a Bruxelas, ou de Bruxelas a Amberes, ou de Amberes a Gante, mas são trajetos tão curtos que é quase excessivo dizer que se tratam propriamente de viagens. E no entanto, para Rodrigo, a meia hora até Bruxelas parece uma eternidade. Imagina Elisa e Hans caminhando por aquela cidade tão universitária, tão europeia e certinha. Lembra de novo do corpo de Elisa, ela convalescente, depois de operar por causa da apendicite, recebendo-o com um sorriso doce e dolorido. E depois, numa manhã de domingo, lembra dela completamente nua, passando óleo de rosa-mosqueta na cicatriz. E aquela noite, talvez no mesmo domingo, brincando com o sêmen morno no perímetro da mesma cicatriz, desenhando com o dedo indicador algo parecido com umas letras, excitada e morrendo de rir.

Desce do trem, caminha algumas quadras, mas não observa a cidade, continua pensando em Elisa, em Hans, em Lovaina, e passam-se mais ou menos quarenta minutos até ele se dar conta de que esqueceu a mala no trem. Deixou-a num canto, perto dos vultos dos demais passageiros, e desceu como se não estivesse com mais nada, apenas a mochila. Diz para si mesmo, em voz alta, energicamente: seu estúpido.

Compra umas batatas fritas perto da estação, fica em pé numa esquina, comendo. Quando se refaz, sente tontura, mas não é exatamente isso: pensava em comprar cigarros e depois caminhar um pouco, mas tem de parar por causa do que parece ser um desconforto, uma sensação de vertigem que nunca tivera antes, e que logo começa a crescer, como um movimento que começa a ser liberado: simplesmente sente que vai cair, com muito esforço consegue se estabilizar minimamente para andar. A mochila pesa quase nada, mas mesmo assim a deixa de lado e experimenta dar cinco passos, como teste. A vertigem continua, tem de parar totalmente e se apoiar na vitrine de uma loja de sapatos. Avança lentamente, de vitrine em vitrine, como um tímido aprendiz de homem-aranha, enquanto olha de lado os interiores das lojas repletos de tantos e diferentes chocolates, cervejas e luminárias, os restaurantes de comida saudável e as lojas de presentes curiosos: umas baquetas que são também hashi, uma caneca em forma de lente de câmera fotográfica e uma infinidade de miudezas.

Uma hora mais tarde, andou apenas sete quarteirões, mas, por sorte, numa barraca de rua, encontra um guarda-chuva azul, que lhe custa dez euros. No começo ainda caminha com uma sensação de instabilidade, mas o guarda-chuva lhe dá confiança, e após poucos passos já se sente acostumado ao vaivém. Só então olha, ou focaliza, a cidade; só então tenta entendê-la, começa a entendê-la. Pensa que tudo aquilo é um sonho, que está perto da Plaza de Armas, da Catedral, do bairro peruano, em Santiago do Chile. Não, não pensa isso: pensa que pensa que está na Plaza de Armas. Pensa que pensa que tudo aquilo é um sonho.

As lojas começam a fechar. É difícil saber se é de dia ou de noite: são cinco e quinze da tarde e as luzes dos apartamentos e dos carros já estão acesas. Caminha se afastando do centro, mas instintivamente entra numa lavanderia e decide ficar um tempo ali, ou não decide nada mas fica ali de todo modo, perto de dois sujeitos que leem enquanto esperam pela roupa. A temperatura não é alta, mas ao menos não faz frio. É absurdo, sabe que tem pouco dinheiro, que vai precisar de cada moeda, e mesmo assim tira uma das calças, a segunda camisa e o par de meias adicional. Custa a compreender o funcionamento das máquinas de lavar, que são velhas e parecem até perigosas, no entanto sente uma satisfação tola e absoluta quando consegue fazer o mecanismo funcionar. Fica observando o movimento da roupa, absorto ou paralisado, com a atenção com a qual se assiste à final de um campeonato na tevê, e talvez isso para ele seja até mais interessante que a final de um campeonato, porque enquanto vê a roupa pulando, encurralada contra o vidro, encharcada pela água com sabão, pensa, como se descobrisse algo importante, que essa roupa é sua, que lhe pertence, que usou cem vezes essa calça, essas meias, e que em algum momento essa camisa meio desbotada já foi a melhor que teve, a que escolhia para ocasiões especiais; lembra do próprio corpo vestindo com orgulho essa camisa, e é uma visão estranha, vaidosa, um pouco torpe. Talvez essa seja sua ideia kitsch de purificação.

Depois entra numa pizzaria chamada Bella Vita, que parece barata. Quem o atende é Bülent, um turco muito simpático e risonho que fala algo de francês e um pouco de flamengo mas nada de inglês, de modo que se comunicam apenas com sinais e com um murmúrio recíproco que talvez só sirva para demonstrar que nenhum dos dois é mudo. Come uma pizza napolitana que acha deliciosa e depois fica ali, terminando um café. Não sabe o que fazer, não quer continuar dando voltas, não resolve procurar um hotel barato, um albergue. Tenta perguntar a Bülent se há wi-fi no restaurante, mas é realmente difícil fazer uma mímica que signifique a existência de uma rede wi-fi, e àquela altura ele já está tão desarmado que não pensa no mais simples, que seria dizer apenas "wi-fi", pronunciando-o de todas as maneiras possíveis até que Bülent entendesse. Por sorte chega Piet, um sujeito extraordinariamente alto que usa uns óculos de armação vermelha e grossa e uma quantidade incontável de piercings na sobrancelha direita. Piet fala inglês e até um pouco de espanhol, e inclusive já esteve no Chile, por um mês, anos atrás. Rodrigo enfim tem com quem conversar.

Algumas horas depois estão na sala do belo apartamento de Piet, que fica em frente à pizzaria. Enquanto o anfitrião passa um café, Rodrigo observa, do janelão, Bülent fechando o restaurante com a ajuda da garçonete e de outro homem. Rodrigo sente algo que parece uma pulsação, ou uma dor, ou a própria aura da vida cotidiana. Liga o laptop, conecta-se à internet, não há mensagens de Elisa, mas também não é como se as estivesse esperando. Tenta localizar um amigo do colégio que, segundo sua memória, mora há muitos anos em Bruxelas, encontra-o facilmente no Facebook e ele responde rapidamente, mas agora está no Chile, cuidando da mãe doente, e embora pense em retomar os estudos, por agora permanecerá em Santiago, sem previsão de volta. Dez minutos depois chega outra mensagem em que o amigo recomenda que ele tome *peket* sem medo ("é maravilhoso, mas a ressaca é terrível"), que evite as endívias assadas ("diga não às endívias assadas e sim às *boulettes de viande* e aos *moules et frites*"), que prove os hot dogs com chucrute quente e mostarda, que perto da Grand Place compre chocolates na Galler e vá à livraria Tropismes, que não perca o Museu da Música e o de Magritte, enfim, todos esses pormenores que para Rodrigo parecem tão distantes, quase impossíveis, porque esta já não é uma viagem turística, nunca foi. Desespera-se, não tem grande coisa no cartão de crédito, e na carteira restam menos de cem euros.

Nisso chega Bart, o editor de Piet, que mora em Utrecht. Só então Rodrigo fica sabendo que Piet é escritor, que publicou dois livros de contos e um romance. Gosta dessa prudência de Piet, dessa timidez. Pensa que se fosse escritor também não andaria por aí contando isso aos quatro ventos.

Bart chega a ser mais alto que Piet, um gigante de quase dois metros. Com um amigo que também se chama Bart, toca uma editora pequena na qual publica escritores emergentes, quase todos de prosa, quase todos holandeses, mas também alguns belgas. O outro Bart curiosamente mora na Colômbia, porque se apaixonou por uma moça de Papayán, mas faz tudo on-line de lá, e este Bart se encarrega de cuidar da distribuição – que leva em conta basicamente uma série de livrarias pequenas, nenhuma comercial – e de organizar pequenos eventos e palestras nos quais ele mesmo vende os livros.

Bart é amistoso, conta sua história num inglês bastante fluente, embora também colaborem seus gestos precisos e certo talento para a mímica quando as palavras não lhe vêm. São quase dez horas, caminham algumas quadras. Rodrigo se sente melhor, apoia-se na bengala mas é mais por precaução que por necessidade. Chegam ao La Vesa, um bar um pouco lúgubre onde às quintas-feiras há leituras de poesia, mas hoje não é quinta e sim terça, e os clientes habituais rareiam, o que é preferível, pensa Rodrigo, e desfruta de certa sensação de intimidade, de camaradagem corriqueira, da conversa sensata com esses novos amigos, das frases curtas porém carregadas de leve ironia que a cada tanto Laura solta, uma garçonete italiana que não é bonita à primeira vista mas que se torna bonita com o passar dos minutos e não por causa do efeito do álcool, e sim porque é preciso observá-la realmente bem para descobrir sua beleza. Seus amigos tomam Orval, Rodrigo pede taças de vinho, Piet pergunta se não gosta de cerveja, e ele diz que gosta, sim, mas que está frio demais, prefere a calidez do vinho, e eles começam a falar da cerveja belga, que é a melhor do mundo. Piet diz que não está tão frio, que já tiveram invernos piores. Então Rodrigo quer contar a piada do homem mais friorento do mundo para eles, mas não sabe como se diz friorento em inglês, de modo que diz *I am* e faz o gesto de tiritar, e Bart lhe diz *you're chilly* e todos se confundem porque Rodrigo entende que estão falando do Chile, se ele é chileno, coisa que acha que já sabiam, até que depois de vários mal-entendidos, que celebram com grande alvoroço, entendem que a piada é sobre *the chilliest man on earth* e Rodrigo acrescenta que o homem mais friorento do mundo definitivamente é chileno, *the chilliest man on earth*, e ri com vontade, pela primeira vez ri em território belga como riria em território chileno.

Rodrigo começa a contar a piada sem muita confiança, pois enquanto desfia a história pensa que talvez haja na Bélgica ou na Holanda uma piada igual, que talvez seja uma piada que existe em tantas versões quanto há países no mundo. Sua plateia reage bem, no entanto, com um interesse crescente, entregando-se à narrativa: acham graça da enumeração de cidades, com nomes que soam tão estranhos para eles (*Arica sounds like Osaka*, diz Bart), e quando o homem mais friorento do mundo, que era chileno, morre de frio sob o sol abrasador de Bangkok, os amigos soltam uma gargalhada ansiosa e levam as mãos à cabeça em sinal de lamento.

O homem mais friorento do mundo havia sido um bom filho, um bom pai, um bom cristão, de modo que São Pedro o recebe sem mais delongas no Céu, mas os problemas começam logo: incrivelmente, embora no Céu não exista frio ou calor, ou ao menos não como nós os conhecemos, e apesar de todos os quartos desse formidável hotel que é o Céu se ajustarem automaticamente às necessidades dos hóspedes, o chileno continua com frio, e com seu jeito amável mas também enérgico continua se queixando, até que a bendita paciência que reina no Céu se esgota, todos se cansam dele e concordam que o homem mais friorento do mundo deve ir buscar um clima que lhe seja realmente propício. É o próprio Deus que decide mandá-lo para o Inferno, onde é impossível que ele continue a sentir frio. Mas apesar das chamas inextinguíveis, das temerárias fornalhas, dos caldeirões colossais e do calor humano, que naquelas condições de superlotação é muito intenso, o homem mais friorento do mundo continua sentindo frio no Inferno, e o caso fica tão famoso que chega aos ouvidos de Satanás, que o acha desafiador e divertido, e imediatamente decide se encarregar do assunto.

Uma manhã, o próprio Satanás conduz o chileno a nada menos que o lugar mais quente que se pode conceber: o centro do Sol. Satanás precisa colocar um traje especial, pois de outro modo se queimaria. Chegam a um pequeno cubículo de dois por dois, abre a porta, o chileno entra e ali fica, esperançoso e profundamente agradecido. Passam-se semanas, meses, anos, até que um dia, movido pela curiosidade, o Diabo decide fazer uma visita ao chileno. Volta a vestir seu traje especial, e inclusive o reforça com duas camadas adicionais, pois ficou com a sensação de ter se chamuscado um pouco na viagem anterior. Mal abre a porta do cubículo, ouve o chileno gritando lá de dentro: "Por favor, feche a porta, está frio".

Please, close the door, it's chilly here, diz Rodrigo, e sua performance é um sucesso. Eu acho que o homem mais friorento do mundo é você, diz Bart, e eu quero que o homem mais friorento do mundo prove a melhor cerveja do mundo. Piet sugere irem a um bar onde são vendidas centenas de cervejas, mas no fim decidem ir a outro lugar mais próximo, onde vendem, clandestinamente, a Westvleteren, a assim chamada melhor cerveja do mundo, e no caminho Rodrigo se apoia no guarda-chuva mas não sabe se é realmente preciso, sente que poderia deixá-lo de lado, que não precisa mais dele, mas em todo caso continua com ele, enquanto escuta a história dos monjes trapistas que fabricam a cerveja e a vendem apenas em quantidades prudentes, uma história que lhe parece maravilhosa, quer gostar muito da cerveja e é o que acontece, apesar de comprarem apenas uma para os três, porque a garrafa custa dez euros.

Voltam para o apartamento às duas da manhã, abraçados, para que Rodrigo não precise usar o guarda-chuva: parecem mais bêbados do que estão. Depois, na sala, continuam bebendo um pouco, a conversa é confusa, riem. Você pode ficar, mas só esta noite, diz Piet, e Rodrigo agradece. Trazem um colchão enquanto Bart deita numa antiga *chaise longue* e se cobre com uma manta. Rodrigo pensa o que fará se no meio da noite Bart tentar algo. Pensa se irá rejeitá-lo ou não, mas adormece, e Bart também.

Acorda cedo, sozinho na sala. Está com um pouco de ressaca, o café lhe faz bem. Observa a rua, os edifícios, a fachada silenciosa da pizzaria. Quer se despedir de Piet, abre uma fresta da porta do quarto e vê que está dormindo com Bart, semiabraçados. Deixa um bilhete de agradecimento para eles e desce os quatro andares pela escada. Não tem absolutamente nenhum plano, mas se anima com a ideia de talvez poder caminhar sem bengala, e uma vez na rua tenta fazê-lo, como nos finais felizes. Mas não consegue e cai. Cai feio, cai pesado, a calça dupla se rasga, seu joelho sangra. Fica na esquina, pensando, paralisado de dor, e nisso começa a chover, como quando nos desenhos animados uma nuvem segue o protagonista, mas essa chuva é para todos, não somente para ele.

É uma chuva fria e abundante, deveria procurar um lugar para se abrigar. Resta-lhe pouquíssimo dinheiro, mas o jeito é comprar outro guarda-chuva. Nesse momento deveria pensar em Elisa e amaldiçoá-la, mas não faz isso. Agora tenho dois guarda-chuvas, o azul para me equilibrar e o preto para me proteger da chuva, diz em voz alta, no mesmo tom sereno com que diria seu nome, seu sobrenome, seu local de nascimento: agora tenho dois guarda-chuvas, o azul para me equilibrar e o preto para me proteger da chuva, repete e começa a caminhar sem propósito algum além deste, simplesmente: caminhar.

Vida de família

para Paula Canal

Não faz frio nem calor, um sol tímido e nítido vence as nuvens, o céu fica, por alguns momentos, verdadeiramente limpo, azul-celeste como num desenho. Martín está no último banco do ônibus, com fones de ouvido, balançando a cabeça como os jovens fazem, mas não é mais jovem, não mesmo: tem quarenta anos, o cabelo algo comprido, um pouco enrolado e preto, o rosto muito branco – teremos tempo para continuar a descrevê-lo: agora desce do ônibus com uma mochila e uma maleta, caminha alguns quarteirões procurando um endereço.

O trabalho consiste em cuidar do gato, passar o aspirador de vez em quando e regar de manhã umas plantas domésticas que parecem condenadas a secar. Vou sair pouco, quase nada, pensa, com uma pitada de alegria: para comprar comida para o gato, para comprar comida para mim. Há também um Fiat prateado que deve dirigir a cada tanto ("para ele respirar um pouco", disseram).

Agora está junto com a família, são sete da noite, eles vão partir muito cedo, às cinco e meia da manhã – aqui vai a família, em ordem alfabética:

– Bruno – barba escassa, moreno, alto, fumante de tabaco escuro, professor de literatura.
– Consuelo – que com Bruno forma o casal, mas não é sua esposa, porque nunca se casaram, embora se comportem como num casamento, às vezes até pior que num casamento.
– Sofía, a menina.

A menina acaba de passar correndo atrás do gato, na direção da escada. Não cumprimenta Martín, não olha para ele, é que hoje em dia as crianças não cumprimentam mais os outros, e talvez isso não seja ruim, porque os adultos cumprimentam demais. Bruno explica a Martín alguns detalhes do trabalho, ao mesmo tempo que discute com Consuelo sobre a forma de organizar uma mala. Depois ela se aproxima de Martín com uma amabilidade que para ele é perturbadora, porque não está acostumado à amabilidade, mostra a ele a cama do gato, a caixa de areia e um pedaço de tecido prensado, para esticar as garras, embora nem a cama nem o banheiro nem o brinquedo adiantem muito, porque o gato dorme onde lhe dá na telha, faz suas necessidades no jardim da frente e arranha todos os sofás. Consuelo mostra também como funciona a portinha, o mecanismo permite que o gato saia mas não entre, ou que entre mas não possa sair, ou que entre e saia à vontade – sempre deixamos ela aberta, diz Consuelo, para que ele seja livre, é igual a quando nossos pais nos dão a chave de casa.

Martín acha fabulosa a existência dessa porta, só viu algo parecido nos filmes e em *Tom e Jerry*. Está prestes a perguntar onde a conseguiram mas pensa que talvez Santiago esteja cheia de portas para animais de estimação e ele não tenha notado.

Desculpe, pergunta com atraso: o que você falou sobre os nossos pais?

Quê?

Você falou algo sobre "nossos pais", ou "os pais".

Ah, que essa portinha é igual a quando nossos pais nos dão a chave de casa.

A risada dura dois segundos. Martín sai para fumar e vê um espaço vazio no jardim da frente, dois metros e meio de grama desgrenhada onde deveria haver algumas plantas e algum arbusto, mas não há nada. Deixa as cinzas caírem na grama, dissimulando, apaga a bituca e perde um minuto inteiro pensando onde poderia jogá-la: no fim a deixa debaixo de um mato amarelado. Sob o umbral da porta de entrada ele olha para casa, pensa que não é grande, que dará conta, mas a casa lhe parece cheia de matizes. Observa cuidadosamente as estantes, o piano elétrico e uma grande ampulheta na mesinha de canto. Lembra que quando pequeno adorava ampulhetas, e vira esta – dura doze minutos, a menina diz, e em seguida, do alto do último degrau, tentando segurar o gato, pergunta se ele é o Martín – sim. E se quer jogar xadrez – vamos.

O gato se solta da menina. É de um cinza desigual, seu pelo é curto e cheio, tem o corpo magro e os caninos levemente proeminentes. A menina sobe e desce a escada várias vezes. E o gato, Mississippi, parece dócil. Aproxima-se de Martín, que pensa em fazer carinho nele, mas fica em dúvida, não sabe muito sobre gatos, nunca conviveu com um.

Sofía volta, já de pijama, caminha com dificuldade calçando umas pantufas de tricô. Consuelo pede que ela não perturbe, que vá para seu quarto, mas a menina traz uma caixa pesada ou uma caixa que para ela é pesada, e monta na mesa da sala o tabuleiro de xadrez. Tem sete anos, acaba de aprender a movimentar as peças e também os modos ou a postura correta do jogo: está linda ali, com a testa franzida e o rosto redondo entre as mãos. Martín e a menina jogam, mas cinco minutos depois o tédio dos dois é evidente, dele mais que dela. Então propõe a Sofi que joguem tentando perder, e no começo ela não entende, mas depois solta umas risadas doces e espirituosas – ganha quem perder, o objetivo é se entregar primeiro, deixar Dom Quixote e Dulcineia desprotegidos, porque é um xadrez cervantino, com moinhos de vento no lugar de torres, e esforçados sanchos panças na linha de frente.

Que coisa mais idiota, pensa Martín, um xadrez literário.

As peças do tabuleiro parecem desbotadas, vulgares, e, embora Martín não seja muito de tirar conclusões rápidas, a casa toda agora provoca nele uma inquietação ou um incômodo, mas não é algo claro: certamente o lugar de cada objeto obedece a alguma rebuscada teoria de design de interiores, mas ainda assim persiste um desajuste, uma anomalia secreta. É como se as coisas não quisessem estar onde estão, pensa Martín, e de todo modo agradece a possibilidade de passar uma temporada nessa casa luminosa, tão diferente dos pequenos apartamentos escuros em que costuma morar.

Consuelo leva a menina para o quarto e canta para fazê-la dormir. Embora ouça à distância, Martín sente que não deveria estar ouvindo aquilo, sente que é um intruso. Bruno lhe oferece raviólis e comem em silêncio, com uma voracidade pretensamente masculina, como se dissessem *vamos aproveitar que as mulheres não estão aqui e comer sem usar guardanapos*. Depois do café, Bruno serve vodca com gelo, mas Martín prefere continuar no vinho.

Qual é o nome da cidade em que vocês vão morar?, pergunta Martín, só para dizer algo.

Saint-Étienne.

Aquela em que a seleção jogou?

Que seleção?

A de futebol, na Copa da França de 98.

Não sei. É uma cidade industrial, um pouco arruinada. Vou dar aulas sobre América Latina.

E onde fica?

Saint-Étienne ou a América Latina?

A piada é muito fácil, muito corriqueira, mas funciona. Esticam o momento da sobremesa, quase sem querer, como se enfim descobrissem uma afinidade tardia. No andar de cima a menina dorme e ouve-se também o que poderia ser a respiração de Consuelo, ou um leve ronco. Martín percebe que pensou nela durante todo o tempo em que esteve na casa, desde que a viu na porta. Você vai ficar quatro meses aqui, diz Bruno, aproveita esse tempo para trepar com alguma vizinha – eu queria mesmo era trepar com a sua mulher, pensa Martín, e pensa isso com tanta intensidade que teme havê-lo dito em voz alta. Curte sua estadia, primo, continua Bruno, carinhoso, ligeiramente bêbado, mas não são primos, seus pais o eram – o de Martín acaba de morrer e foi então, no velório, que voltaram a se ver. Tratar-se agora como se fossem família faz sentido, talvez seja a única maneira de instaurar uma confiança súbita. A ideia era alugar a casa, mas sem que os novos habitantes fizessem muitas mudanças nela. Não foi possível. Depois de muitas negociações, algumas já desesperadas, Martín foi a pessoa mais confiável que Bruno pôde conseguir para cuidar da casa. Encontraram-se muito pouco ao longo da vida, e talvez tenham sido amigos em algum desses períodos, quando ainda eram crianças da mesma idade, obrigados a brincar juntos num domingo.

Bruno explica novamente aquilo que já haviam falado por telefone. Dá as chaves a ele, testam-nas nas fechaduras, explica os macetes das portas. E volta a enumerar as vantagens de estar ali, embora dessa vez não mencione nenhuma vizinha. Depois, pergunta se ele gosta de ler.

Um pouco, diz Martín, mas não é verdade. De repente se torna demasiadamente sincero:

Não, não gosto de ler. A última coisa que eu pensaria em fazer seria ler um livro, diz.

Desculpa, diz Martín, observando as estantes repletas, isso foi como ir à igreja e dizer que não acredito em Deus. Além do mais, há coisas muito piores. Inclusive piores que as que já aconteceram comigo, diz, com um sorriso atenuante.

Não se preocupe, responde Bruno, como que aprovando o comentário: muita gente pensa isso mas não fala. Depois escolhe alguns romances e os coloca em cima da mesinha de canto, junto à ampulheta. De qualquer jeito, se você tiver vontade de ler, vou deixar aqui algumas coisas que talvez possam te interessar.

E por que me interessariam? São livros para pessoas que não leem?

Mais ou menos, rá (diz isso, *rá*, mas sem a entonação de uma risada). Alguns são clássicos, outros mais contemporâneos, mas todos são divertidos (quando diz essa palavra não faz o menor esforço para evitar o tom pedante, quase como se estivesse colocando-a entre aspas). Martín agradece e dá boa-noite.

Não olha os livros, nem sequer os títulos. Pensa: livros para pessoas que não leem. Pensa: livros para pessoas que acabam de perder o pai e que já tinham perdido a mãe, pessoas sozinhas no mundo. Livros para pessoas que fracassaram na faculdade, no trabalho, no amor (pensa isso: no amor). Livros para pessoas que fracassaram tanto que, aos quarenta anos, acham que cuidar da casa de outros em troca de nada ou de quase nada é uma boa perspectiva. Alguns contam carneiros, outros enumeram suas desgraças. Mas não dorme, afundado em autocompaixão – uma roupa dentro da qual, apesar de tudo, não se sente cômodo.

Justo quando o sono chega os relógios apitam, são cinco da manhã. Martín se refaz para ajudar a família com as malas. Sofi desce emburrada, mas de repente tira sabe-se lá de onde uma energia transbordante. Mississippi não está em casa, a menina quer se despedir, chora por dois minutos mas depois para, como se simplesmente tivesse esquecido que estava chorando. Quando o táxi chega, ela insiste em terminar o cereal, mas deixa a tigela quase intacta.

Mata todos os ladrões, por favor, pede a Martín, antes de entrar no carro.

E o que eu faço com os fantasmas?

Martín está brincando, diz Consuelo, de imediato, lançando um olhar nervoso para ele: a casa não tem fantasmas, compramos ela por isso, porque nos garantiram que não tinha fantasmas. E na casa em que vamos morar na França, também não.

Assim que partem, Martín se deita na cama grande, que ainda está quente. Procura nos lençóis o perfume ou o cheiro de Consuelo e dorme de boca para baixo, aspirando o travesseiro como se tivesse descoberto uma droga exclusiva e perigosa. Surgem os primeiros ruídos na rua, a movimentação das pessoas que vão ao trabalho, as vans escolares, os motores acelerados de motoristas ansiosos por evitar os engarrafamentos. Sonha que está na sala de espera de uma clínica e que um desconhecido lhe pergunta se já recebeu os resultados. Martín espera algo ou espera alguém, mas no sonho não se lembra com precisão, e também não se atreve a dizê-lo, mas sabe que o que espera não são os resultados de um exame. Tenta se lembrar o que, e então pensa que aquilo é um sonho e tenta acordar, mas quando acorda ainda está no sonho e o desconhecido segue esperando uma resposta. Então acorda de fato e sente um imenso alívio de não ter que responder à pergunta, de não ter que responder à pergunta nenhuma. O gato boceja ao pé da cama.

Acomoda sua maleta no quarto principal, mas sobra pouco espaço nos armários. Há várias sacolas e caixas de plástico cheias de roupa, zelosamente embaladas, e também algumas peças soltas. Encontra uma velha camiseta dos Pixies, com a capa do disco *Surfer Rosa*. *You'll think I'm dead, but I'll sail away*, pensa – claro, essa é de outro disco, equivoca-se. Tenta imaginar Consuelo com essa camisa e não consegue, mas é tamanho M, deve ser dela, não de Bruno. De todo modo veste-a, fica engraçado, é muito justa para ele. Vestido assim, com apenas a camiseta e uma calça esportiva, vai até o supermercado mais próximo e compra café, cerveja, macarrão e ketchup, além de umas latas de peixe para Mississippi, pois tem um plano demagógico, pensa que o gato vai entender a situação assim: eles foram embora, me deixaram com um estranho, mas estou comendo maravilhosamente bem. Volta quase arrastando as sacolas, são muitas quadras, pensa que deveria ter ido de carro, mas tem pânico de dirigir. Já em casa, guarda as compras na cozinha, vê os cereais com leite que a menina deixou e termina a tigela pensando que poderia contar nos dedos as vezes que comeu cereal.

Depois inspeciona o segundo andar, onde fica o estúdio de Bruno, um cômodo grande, perfeitamente iluminado por uma claraboia, com os livros dispostos em rigorosa ordem alfabética, os incontáveis materiais de escritório e os diplomas de graduação, mestrado e doutorado, pendurados lado a lado. A seguir observa o quarto da menina, cheio de desenhos, enfeites e uns bichos de pelúcia na cama, cada um com seu nome escrito numa roseta própria – ela levou alguns consigo, obrigaram-na a guardar outros no armário e no baú, mas ainda assim deixou cinco em cima da cama e insistiu em escrever os nomes para que Martín pudesse identificá-los (chama sua atenção um urso cor de café, com roupas esportivas, que tem o nome de Cachorro). Depois encontra, no banheiro de cima, no meio de uma pilha de revistas, um caderno com partituras para iniciantes. Desce e senta-se ao piano elétrico, que não funciona; tenta consertá-lo, mas nada acontece. Mesmo assim, lê a partitura e toca as teclas, diverte-se pensando que é um pianista muito pobre, um pianista que não tem dinheiro nem para pagar a conta de luz e que precisa ensaiar assim, todos os dias, tateando.

As primeiras duas semanas transcorrem sem grandes novidades. Vive de acordo com o esperado: no começo os dias parecem eternos, mas vai preenchendo-os com certas rotinas – acorda às nove, renova o pote de ração de Mississippi, e depois de tomar café da manhã (continua comendo cereais, descobre que adora os Quadritos de aveia) segue para a garagem, liga o motor do carro e brinca um pouco com o acelerador, como um piloto esperando a largada. Move o carro timidamente e depois se atreve a dar uma volta, que fica cada vez maior. Ao retornar, sintoniza no noticiário, abre o janelão da sala, vira a ampulheta e, enquanto os grãos e os minutos caem fina e resolutamente, fuma o primeiro cigarro do dia.

Depois vê televisão por algumas horas e o efeito é entorpecente. Chega a se afeiçoar à retórica dos programas matinais, ganha certa erudição a respeito, compara-os, analisa-os seriamente, e o mesmo se dá com os programas sobre celebridades, com os quais sente certa dificuldade, porque não conhece os personagens, nunca deu atenção a esse mundo, mas pouco a pouco começa a identificá-los. Almoça seu macarrão com ketchup na cama, sempre assistindo tevê.

O resto do dia é incerto, mas costuma se perder em caminhadas, tem como regra não repetir os cafés a que vai e nem os mercados onde compra cigarros para não construir nenhuma familiaridade: tem a vaga impressão de que vai sentir saudades dessa vida, que não é a vida ideal, mas é boa; um período benéfico, reparador. Mas tudo muda na tarde em que descobre que o gato desapareceu. Faz ao menos dois dias que não o vê e o prato de comida está intacto. Pergunta aos vizinhos: ninguém sabe de nada.

Passa algumas horas desesperado, paralisado, sem saber o que fazer. No fim, decide fazer um cartaz. Procura no computador, sem método, atropeladamente, uma foto de Mississippi, mas não há nada, pois antes de partir Bruno apagou do disco rígido todos os arquivos pessoais. Revista ansiosamente a casa inteira e chega até a sentir prazer na desordem, no caos que vai se formando. Examina sem cuidado baús, sacolas e caixas, pega livros ao acaso, dezenas de livros, e folheia as páginas freneticamente, ou os sacode com certa raiva. Encontra uma pequena maleta vermelha escondida no armário do estúdio. Em vez de dinheiro ou joias, há centenas de fotografias de família, algumas enquadradas e outras soltas, com datas no verso e até com breves mensagens de amor. Gosta de uma foto em especial, uma bem grande em que Consuelo posa envergonhada, com a boca aberta. Tira um diploma de Sofi – de um curso de natação – da moldura para colocar a foto de Consuelo, e pendura-a na parede principal da sala. Pensa que poderia passar horas acariciando aquele cabelo liso, preto e brilhante. Como não encontrou nenhuma foto de Mississippi, busca na internet imagens de gatos cinza e escolhe uma qualquer. Redige uma mensagem curta, imprime umas quarenta cópias e as prende nos postes e nas árvores ao longo da avenida inteira.

Quando volta, a casa está um caos. O segundo andar, sobretudo. Fica incomodado de ser o autor daquela bagunça. Observa as gavetas entreabertas, a roupa jogada na cama, os inúmeros bonecos, desenhos e pulseiras no chão, as solitárias peças de lego perdidas nos cantos. Pensa que profanou aquele espaço. Sente-se um ladrão ou um policial, e inclusive se lembra desta expressão horrível, excessiva: invasão de domicílio. Começa, sem vontade, a arrumar o cômodo, mas de repente se detém, acende um cigarro e até faz alguns anéis de fumaça, como na adolescência, enquanto fica fantasiando que a menina acaba de brincar ali com as amigas. Imagina que ele é o pai que abre a porta e exige, indignado, que a menina arrume o quarto, e imagina que ela assente mas continua brincando. Imagina que vai até a sala e uma mulher muito bonita, uma mulher que é Consuelo ou que é parecida com Consuelo, dá uma xícara de café para ele, levanta as sobrancelhas e sorri, mostrando os dentes. Então prepara ele mesmo esse café, que bebe a goles rápidos enquanto pensa numa vida com mulher, com filhos, com um trabalho estável. Martín sente uma forte pontada no peito. Uma palavra, que a esta altura é inevitável, emerge e triunfa: melancolia.

Conforma-se ou distrai-se lembrando que ele também, há muito tempo, foi pai de uma menina dessa mesma idade, sete anos. Ele tinha dezenove, morava em Recoleta, com sua mãe, que ainda não estava doente. Uma tarde qualquer, desceu até a cozinha e ouviu Elba se queixando por nunca poder ir às reuniões na escola da menina. Ele se ofereceu para ir, porque amava Elba e Cami, e também por seu espírito de aventura, que naquele tempo era enorme. Tinha então cabelo comprido e cara de muito jovem, de maneira nenhuma parecia um pai, mas entrou na escola e sentou no fundo da sala, junto a um sujeito que parecia quase tão novo quanto ele, embora, como se diz, fosse mais homem, mais vivido.

O homem tem no braço direito uma tatuagem cor de café, pouco mais escura que sua pele, em que se lê JESÚS. Qual é o seu nome?, pergunta Martín. Ele responde apontando para a tatuagem. Jesús é simpático. Você parece muito jovem, diz a Martín, você também, fui pai quando ainda era muito garoto. Nisso a professora fecha a porta e começa a falar – chegam alguns pais atrasados, a porta se tranca uma vez, duas vezes, ninguém diz nada, até que uma mulher loira e gorda na terceira fileira se levanta, interrompe a professora, e com um vozeirão invejável questiona: como é possível, o que aconteceria se houvesse um terremoto ou um incêndio, o que aconteceria com as crianças?

A professora fica em silêncio, um silêncio de quem sabe que deve pensar bem no que irá dizer. É exatamente o momento em que deveria culpar os patrões, o sistema, a municipalização da educação pública, Pinochet, a inoperância da Concertación, o capitalismo, enfim, de fato não é culpa da professora, que também já pediu que consertem a porta, mas ela não consegue pensar rápido, não é corajosa: as vozes começam a se acumular, e ela as deixa crescer, todos reclamam, todos gritam, e para piorar outra pessoa chega atrasada e a porta se tranca novamente. Jesús também grita e até Martín está prestes a gritar, mas a professora pede respeito, pede para a deixarem falar: desculpem, este colégio é pobre, não temos recursos, entendo que fiquem chateados mas pensem que se houver um incêndio ou um terremoto eu também ficaria trancada com as crianças aqui – o efeito dessa frase dura dois ou três segundos, até que Martín se levanta, furioso, aponta o dedo para ela e diz, com plena noção do drama que está fazendo: mas você não é minha filha! Todos o apoiam, furiosos, e ele se sente muito bem. Você foi matador, Jesús o elogia depois, a caminho do ônibus. Ao se despedir, Martín pergunta se ele acredita em Jesus. Ele responde, com um sorriso: acredito em Jesus.

Você não é minha filha, Martín murmura agora, como um mantra. De noite escreve para Bruno, dizendo: tudo em ordem.

Uma tarde, voltando do supermercado, descobre que colaram cartazes em cima dos seus. Percorre a avenida toda e comprova que justo onde havia colocado os seus cartazes agora se anuncia o desaparecimento de um cachorro que é uma mistura de husky e pastor alemão e que atende pelo nome de Pancho. Uma recompensa de vinte mil pesos é oferecida. Martín anota o número e o nome de Paz, a dona de Pancho.

Há uma garrafa de Jack Daniel's na cozinha. Martín bebe apenas vinho e cerveja, não está acostumado aos destilados, mas num impulso serve um copo para si e a cada gole descobre que gosta, que adora Jack Daniel's. De modo que já está bastante bêbado quando decide ligar para Paz. Você colocou seu cachorro em cima do meu gato, é a primeira coisa que diz, meio sem jeito e com veemência.

São dez e meia da noite. Paz parece surpresa, mas diz que entende a situação. Ele se arrepende de seu tom de raiva e o diálogo termina com desculpas mútuas e constrangidas. Antes de desligar,

Martín chega a ouvir uma voz no fundo, um pedido. É a voz de um menino.

Na manhã seguinte Martín vê pela janela que uma mulher jovem vai pela avenida de bicicleta e se entrega à demorada tarefa de mudar os cartazes de lugar. Sai de casa e a observa a certa distância – não é bonita, pensa, ponderando: é apenas jovem, deve ter vinte anos, Martín poderia ser seu pai (embora não pense isso). Paz retira os próprios cartazes e os reposiciona em cima ou embaixo dos outros. Disfarça com dobras as pontas amassadas e aproveita para ajeitar os cartazes de Martín. Age com destreza profissional e ele chega a pensar que ela trabalha nisso: do mesmo modo que há pessoas que têm como trabalho levar cachorros para passear, Martín pensa que ela integra uma patrulha de buscadores de animais perdidos. Não é o caso.

Apresenta-se e pede desculpas de novo por ter telefonado tão tarde. Acompanha-a pelo resto do caminho. No começo ela parece reticente, mas o diálogo começa a ganhar volume. Conversam sobre Mississippi e sobre Pancho e também sobre animais de estimação em geral, sobre a responsabilidade de ter animais de estimação, e até sobre a expressão *animais de estimação*, que ela não gosta porque acha um pouco depreciativa. Martín fuma vários cigarros enquanto conversam, mas não quer jogar fora as bitucas. Junta todas na mão, como se fossem valiosas. Tem uma lixeira ali, diz Paz, de repente, e a frase coincide com o momento em que chegam à esquina onde devem se separar.

De noite liga para ela, diz que percorreu dezenas de quarteirões procurando Mississippi e que aproveitou para procurar Pancho também. Soa como uma mentira, mas é verdade. Ela agradece o gesto, mas não deixa o diálogo fluir. Martín começa a ligar diariamente para ela e as conversas continuam sendo curtas, como se bastassem essas poucas frases para construir certa presença.

Uma semana depois avista um cachorro parecido com Pancho perto de casa. Tenta se aproximar, mas o cachorro se assusta. Liga para Paz. Custa a falar, o que tem a dizer de novo soa como uma mentira, uma desculpa para vê-la. Mas Paz aceita. Encontram-se e patrulham um pouco as ruas internas, até que chega a hora de ela ir buscar o filho no jardim de infância. Martín insiste em acompanhá-la. Não consigo acreditar que você tem um filho, diz. Às vezes eu também não acredito, responde Paz.

Mais um namorado, é a primeira coisa que o menino diz ao ver Martín. Arrasta ostensivamente a pequena mochila, sem olhá-lo de frente, mas Paz conta para ele que Martín acredita ter avistado Pancho, e o menino se anima e insiste para continuarem procurando pelo cachorro. Percorrem muitas quadras, dão a impressão de serem uma família perfeita. Despedem-se ao chegar à casa de Paz. Ambos sabem que voltarão a se ver e talvez o menino também o saiba.

Passou mais de um mês desde o desaparecimento de Mississippi, e Martín já não espera encontrá-lo. Inclusive redige um e-mail confuso e cheio de desculpas para Bruno, mas não se atreve a enviá-lo. Contudo, o gato volta numa madrugada, mal conseguindo empurrar a porta, cheio de feridas e com uma enorme bola de pus nas costas. O veterinário é pessimista, mas o opera com urgência e receita antibióticos que Martín deve lhe administrar diariamente.

Tem de alimentá-lo com papinha de bebê e limpar suas feridas a cada oito horas. O pobre gato está tão mal que não tem forças nem para miar nem para se mexer.

Concentra-se na saúde de Mississippi. Agora gosta dele, cuida dele de verdade. Por alguns dias esquece de telefonar para Paz. É ela quem liga para ele uma manhã. Alegra-se com a boa notícia. Meia hora depois estão sentados em volta do gato, fazendo carinho nele, compadecendo-se dele.

Você me disse que morava sozinho, mas isso aqui parece a casa de uma família, ela solta de repente, olhando para a foto de Consuelo. Martín fica nervoso e demora a responder. No fim diz, cabisbaixo, murmurando, como se lhe fosse doloroso recordar: a gente se separou faz alguns meses, talvez um ano já, minha mulher e a menina foram morar num apartamento, e eu fiquei aqui com o gato.

Sua mulher é linda, diz Paz, olhando para a foto na parede. Mas não é mais minha mulher, responde Martín. Mas é linda, insiste Paz. E você nunca me disse que tinha uma filha.

Acabamos de nos conhecer, ainda não podemos dizer palavras como *nunca* ou *sempre*, diz Martín. E não gosto de falar sobre isso, acrescenta. Me deixa triste. Ainda não superei a separação. O pior é que Consuelo não me deixa ver a menina, quer sempre mais dinheiro, diz. Ela olha para ele, ansiosa, com a boca entreaberta. Ele deveria sentir a adrenalina que alimenta os mentirosos, mas se distrai vendo os dentes pequenos e um pouco separados dela, o nariz meio pontudo, as pernas magras mas bem delineadas, que lhe parecem perfeitas. Você foi pai muito novo, diz Paz. Nem tanto, responde. Ou sim, talvez eu fosse jovem demais, diz Martín, já totalmente imerso na mentira.

Eu fui mãe aos dezesseis anos e estive a ponto de abortar, diz Paz, talvez para ficarem quites em termos de confidências. Por que você não abortou?, pergunta Martín. É uma pergunta tola e ofensiva, mas ela não se abala. Porque no Chile o aborto é ilegal, diz, muito séria, mas logo sorri e seus olhos brilham. Naquele ano, esclarece em seguida, minhas duas melhores amigas ficaram grávidas: eu ia abortar no mesmo lugar que elas, mas na última hora me arrependi e decidi ter o filho. Transam no sofá, a princípio parece uma boa trepada, mas ele ejacula rápido demais, pede desculpas. Não se preocupa, responde ela, você está acima da média dos meninos da minha idade, diz. Martín pensa nessa palavra, *meninos*, que ele nunca usaria, e que vindo dela soa tão adequada, tão natural. Depois observa-lhe o corpo nu. Quase não tem sardas no rosto e nos braços, mas o corpo está cheio delas, as costas parecem ter sido salpicadas com tinta vermelha. Ele gosta disso.

Começam a se ver diariamente, continuam procurando Pancho. A possibilidade de encontrá-lo já é remota, mas Paz não perde as esperanças. Depois vão para casa e juntos cuidam de Mississippi. A ferida evolui devagar, mas favoravelmente, e numa zona das costas que o veterinário raspou já se nota um pelo mais fino e menos escuro. O romance entre eles também avança, e num ritmo acelerado. Às vezes ele prefere que seja assim, precisa disso. Mas também deseja que tudo termine: que seja obrigado logo a dizer a verdade e que tudo vá para a puta que pariu. Um dia Paz percebe que Martín retirou a foto de Consuelo. Pede que volte a pendurá-la. Ele pergunta por quê. Não quero que a gente se confunda, diz ela. Ele não entende bem, mas pendura novamente a foto. Se você se incomodar de transarmos na cama onde você dormia com a sua mulher, diz Paz, eu entenderia perfeitamente. Ele nega energicamente com a cabeça e diz que, de uns tempos para cá – usa essa expressão, de uns tempos para cá –, nem lembra mais da mulher. Mas, de verdade, desculpa eu insistir, diz ela: se você se incomodar de transarmos aqui, me diz – eu e ela quase não transávamos mais, responde Martín, e ficam em silêncio até que ela pergunta se alguma vez ele e a mulher transaram em cima da mesa da sala. Ele responde, com um meio sorriso excitado, que não. O jogo segue, vertiginoso e divertido. Ela pergunta se alguma vez a mulher untou o pau dele com leite condensado antes de chupá-lo, ou se por acaso, por alguma eventualidade, sua mulher gostava que lhe metessem três dedos no cu, ou se em alguma ocasião pediu que ele gozasse na cara, nos peitos, no cu, no cabelo dela.

Numa dessas manhãs Paz chega com uma roseira e uma buganvília, ele consegue uma pá e juntos montam um minijardim no espaço vazio da entrada. Ele cava de um jeito totalmente desastrado, Paz toma a pá de sua mão e em questão de minutos o trabalho está terminado. Me perdoa, diz Martín, teoricamente é o homem que deveria fazer a parte mais árdua. Não se preocupa, responde ela, e acrescenta, risonha: eu nasci na democracia. Depois, a troco de nada, Martín se lança num monólogo sobre o passado em que mescla pitadas de verdade com algumas mentiras obrigatórias, tentando encontrar uma maneira de ser honesto, ou menos desonesto. Fala sobre a dor, sobre a dificuldade de construir vínculos duradouros, simples, com as pessoas. Sou viciado na droga da solidão, diz, à guisa de frase lapidar. Ela o escuta com atenção, compassiva, e balança afirmativamente a cabeça várias vezes, mas depois de uma pausa em que arruma o cabelo, se acomoda no sofá e tira as sapatilhas, diz de novo, travessa: eu nasci na democracia. E no almoço, ao ver que ele corta pedaços do frango com garfo e faca, ela diz que prefere comer com a mão porque nasceu na democracia. A frase serve para tudo, em especial na cama: quando ele quer transar sem camisinha, quando pede que ela não grite tanto ou que tenha cuidado ao passear nua pela sala, e quando ela se movimenta tão ávida e selvagem em cima dele que Martín não consegue disfarçar a dor no pênis: todas essas vezes ela responde que nasceu na democracia, ou diz apenas, levantando os ombros: democracia!

O tempo passa com alegre indolência. Há algumas horas, às vezes dias inteiros, em que Martín consegue se esquecer de quem realmente é. Esquece que finge, que mente, que é culpado. Em duas ocasiões, no entanto, fica a ponto de entregar a verdade. Mas a verdade é longa. Precisaria de muitas frases para dizer a verdade. E faltam apenas duas semanas. Não! Uma semana.

Agora está dirigindo, nervoso: é sexta-feira, amanhã deve acompanhar Paz a um casamento, e ela pediu que fossem de carro, de modo que tem apenas um dia para ensaiar – deve parecer um motorista experiente, ou ao menos dirigir com propriedade. No começo tudo vai bem. Deixa o carro morrer num sinal vermelho, isso costuma acontecer com ele, mas tem uma reserva de coragem, e por alguns momentos consegue certa fluidez, sem um plano definido. Fica entusiasmado e decide ir até o centro comercial para comprar os dois pratos e as três taças que quebrou, mas não consegue mudar de faixa no momento certo, nem sair um pouco mais adiante, e fica preso na pista por dez minutos, até que as saídas acabam: vai em direção ao sul, pela estrada, e não lhe resta outra opção a não ser tentar um perigoso retorno em U.

Permanece parado num recuo do canteiro central, resolve tentar se acalmar, desliga o rádio e espera sem pressa por sua vez, mas quando chega o momento, o carro morre de novo e quase fica na rota de um caminhão, que consegue desviar, cobrindo-o de buzinadas. Dá a partida novamente mas não tem coragem de ir em frente. Engata a ré e continua em direção ao sul, a cada tanto pensa em tentar fazer outra vez o retorno ou sair da estrada, mas está paralisado, morrendo de medo, só consegue seguir em linha reta por longos minutos. Chega a um pedágio, freia bruscamente, a cobradora sorri, mas ele é incapaz de sorrir de volta. Só consegue seguir adiante, como um robô vagaroso, pelos quilômetros que faltam até Rancagua.

Nunca fui a Rancagua, pensa, envergonhado: desce do carro, observa as pessoas, tenta adivinhar a hora pelo movimento na Plaza de Armas: meio-dia – não, onze da manhã. É cedo, mas está com fome. Compra uma empanada. Fica ao todo uma hora ali, estacionado, fumando, pensando em Paz. Não gosta desses nomes tão carregados, tão plenos, tão diretamente simbólicos: Paz, Consuelo. Pensa que se algum dia tiver um filho, vai inventar um nome que não tenha significado algum. Depois dá vinte e quatro voltas na praça – mas não as conta –, umas adolescentes que estão ali matando aula olham torto para ele. Estaciona de novo, o telefone toca, diz a Paz que está no supermercado. Ela quer vê-lo. Ele responde que não pode, porque precisa ir buscar a filha no colégio. Finalmente você vai poder vê-la?, pergunta ela, animada. Sim. É uma trégua, diz. Eu adoraria conhecê-la, diz Paz. Ainda não, responde Martín. Mais pra frente.

Só inicia o retorno às quatro da tarde. A viagem é tranquila dessa vez, ou menos tensa. Acabo de aprender a dirigir, pensa de noite antes de dormir, ligeiramente orgulhoso. E no entanto, no sábado, a caminho do casamento, para o carro, diz que está com uma ardência nos olhos – não tem certeza de que seja essa a palavra correta, mas a usa mesmo assim. Paz toma o volante, está sem carteira de motorista, mas não importa. Observa-a dirigir, concentrada no caminho, com o cinto de segurança entre os seios: pela primeira vez antecipa a dor da futura perda. Bebe muito, muitíssimo. E ainda assim tudo corre bem. Todos gostam dele, dança bem, faz boas piadas. As amigas de Paz a felicitam. Ela tira os sapatos vermelhos, dança descalça, e ele pensa que é absurdo ter duvidado, a princípio, de sua beleza: ela é linda, livre, divertida, maravilhosa. Sente vontade de dizer ali mesmo, em plena pista de dança, que está tudo perdido, que é irreversível. Que a família chega na quarta-feira. Volta para a mesa, observa-a dançando com as amigas, com o noivo, com o pai do noivo. Martín pede mais um uísque, toma de um gole só, gosta dessa ferida áspera na garganta. Olha para a cadeira onde estão a bolsa e os sapatos de Paz: pensa em pegar e guardar aqueles sapatos vermelhos, como uma caricatura de fetichista.

O dia seguinte é de ressaca. Acorda às onze e meia da manhã, uma música estranha está tocando, uma espécie de new age que Paz cantarola enquanto cozinha. Acordou cedo, foi comprar peixe e um monte de legumes que agora mistura na *wok*, adicionando um pouco de shoyu. Depois do almoço, deitados na cama, nus, Martín conta as sardas que há nas costas, na bunda, nas pernas de Paz: duzentas e vinte e três. É o momento de confessar tudo, e inclusive pensa que ela entenderia: ficaria chateada, caçoaria dele, deixaria de vê-lo por semanas, por meses, ficaria confusa e tudo o mais, mas o perdoaria. Começa a falar, timidamente, procurando o tom certo, mas ela o interrompe e sai para buscar o menino, que está com os pais dela.

Voltam às cinco. Até então o menino havia sido reticente com Martín, mas justo agora resolve se soltar, confia nele. Pela primeira vez brincam – primeiro tentam animar Mississippi, que ainda convalesce, mas logo desistem. Depois o menino põe os tomates junto com as laranjas, e diz que quer suco de laranja; Martín pega os tomates e, quando vai cortar o primeiro, o menino diz nããããããão! Repetem a cena doze, quinze vezes. Há uma variante: antes de cortar o tomate, Martín percebe e diz, furioso, que o vendedor lhe deu tomates em vez de laranjas, e finge que vai sair para reclamar com ele, para que então o menino diga, embriagado de felicidade, nãããããããão!

Agora brincam com o controle remoto. O menino aperta um botão e Martín cai no chão, morde uma mão, dá um grito ou fica sem voz. E se eu realmente ficasse sem voz, pensa, quando o menino dorme no colo da mãe.

Baixem meu volume, pensa Martín.

Me adiantem, me voltem para trás.
Gravem por cima de mim.
Me apaguem.

Agora Paz, o menino e Mississippi dormem e Martín está há horas trancado no estúdio, fazendo sabe-se lá o que, talvez chorando.

A primeira coisa que veem, ao descer do táxi, lhes agrada. Consuelo vê a buganvília e a roseira, e quer falar imediatamente com Martín para agradecer pelo gesto. Em seguida se surpreendem com a foto de Consuelo na parede principal, e em meio ao desconcerto ela até pensa, por um milésimo de segundo, que a foto sempre esteve ali, mas não, claro que não. Percorrem a casa toda, preocupados, e a confusão aumenta à medida que revistam os quartos: é evidente que Martín mexeu nas gavetas e nos armários e a cada minuto descobrem manchas nas cortinas e restos de cinzas nos tapetes. O gato está no quarto da menina, dormindo em cima de uns bichos de pelúcia. Veem as feridas nele, que ainda não cicatrizaram totalmente, e agradecem que, apesar de tudo, ele esteja bem. Encontram, na cozinha, umas seringas sujas junto aos remédios e às receitas.

Martín não está em casa e também não atende o celular. Não há um bilhete sequer que explique minimamente a situação. Não entendem o que aconteceu. É difícil de entender. No começo pensam que Martín os roubou, e Bruno inspeciona, preocupado, a biblioteca, mas não se veem maiores perdas.

Sente-se tolo por ter confiado em Martín. Falaram-se tantas vezes por e-mail, mas ele não suspeitou de nada. Essas coisas acontecem, diz Consuelo, por sua vez, mas fala sem convicção, automaticamente. A cada tanto Bruno volta a ligar para Martín, deixando mensagens na caixa postal, mensagens às vezes amistosas e outras vezes agressivas.

Poucos dias depois, alguém toca a campainha, muito cedo. Consuelo vai abrir a porta. O que deseja?, pergunta a uma mulher jovem, que fica paralisada ao reconhecê-la. O que deseja?, repete Consuelo. Ela demora a responder. Olha intensamente para Consuelo, de novo, e com um gesto de desprezo ou de extrema tristeza responde: nada. Quem era?, pergunta Bruno, do quarto. Consuelo fecha a porta e hesita por um segundo antes de responder: ninguém.

Tentar lembrar

Yasna atirou no peito de seu pai e depois o asfixiou com o travesseiro. Ele era professor de educação física, ela não era nada, não era ninguém. Mas agora sim: agora é alguém que matou outra pessoa, alguém que está na cadeia. Alguém que espera sua ração de comida e se lembra do sangue de seu pai, tão escuro, tão espesso. Mas não escreve sobre isso. Só escreve cartas de amor.

"Só cartas de amor", como se fosse pouco.

Mas não é verdade que tenha matado o pai. Esse crime não aconteceu. E tampouco escreve cartas de amor, nunca o fez, talvez porque não saiba nada sobre o amor, e não goste do que sabe, pois o que sabe é monstruoso. Quem escreve é outra pessoa, alguém que se lembra dela com urgência, mas não por ter saudades dela ou por querer vê-la, não é bem isso, a questão é que, há alguns meses, pediram-lhe um conto policial, de preferência ambientado no Chile, e imediatamente pensou nela, em Yasna, e naquele crime que não aconteceu, e embora tivesse dezenas de histórias para escolher, várias delas mais fáceis, mais simples de serem transformadas em contos policiais, ele pensou que a história de Yasna merecia ser contada, ou que conseguiria contá-la, que não seria difícil contá-la.

Fez algumas anotações, mas depois precisou se concentrar em outras encomendas, e as semanas passaram voando: resta-lhe apenas um dia para escrever.

A parte inocente da história, a que menos tem serventia, a que não contaria, ou pelo menos não dessa maneira, a parte que ele nem sequer lembra por inteiro – porque seu trabalho consiste, também, em esquecer, ou em fingir que se lembra do que esqueceu – começa num verão, no fim dos anos oitenta, quando os dois tinham catorze anos e ele mal se interessava por literatura, a verdade é que na época a única coisa que realmente o interessava era perseguir algumas mulheres, com pudor mas também com persistência. É um exagero, entretanto, chamá-las de mulheres, porque ainda não o eram, do mesmo modo que ele não era um homem, embora em comparação Yasna fosse muito mais mulher do que ele era homem.

Yasna passava o tempo num jardim desordenado, cheio de rosas, arbustos de arruda e cortadeiras, sentada num banquinho, com um caderno de desenho apoiado nas pernas – o que você está desenhando?, perguntou a ela uma tarde, do outro lado da grade, todo machão, e ela sorriu, mas não porque queria sorrir, foi mais um reflexo. Como resposta ela mostrou o bloco, e a distância ele pensou que no papel havia o esboço de um rosto, não soube se de um homem ou de uma mulher, mas julgou ter visto um rosto ali.

Não ficaram muito amigos, mas continuaram se falando a cada tanto. Dois meses depois, ela o convidou para seu aniversário e ele, feliz da vida, na tentativa de uma jogada de mestre, comprou para ela um globo terrestre na papelaria da praça. Na noite da festa saiu pontualmente de casa, mas encontrou Danilo, que fumava um baseado com outro amigo na esquina, estavam com muita erva, tinham começado a plantar há um tempo, mas ainda não haviam resolvido vendê-la. Deu quatro ou cinco tapinhas profundos e sentiu imediatamente o começo do efeito, que conhecia bem, embora não fumasse com frequência. O que você está levando aí?, perguntou Danilo, e ele esperava essa pergunta, estava escondendo a bolsa justamente para que o indagassem: o mundo, respondeu, alegremente. Desataram com cuidado a embalagem de celofane e passaram um tempo procurando países. Danilo queria encontrar a Suécia, mas não conseguiu. Que gigante este país, disse, apontando para a União Soviética, e terminaram o baseado antes de se separar.

Yasna parecia ser a única que estava levando a festa a sério, com seu vestido azul até os joelhos, os olhos delineados, os cílios crespos e escurecidos, e as pálpebras com uma sombra de um azul-celeste tímido. Ouvia-se de um lado e de outro uma fita cassete que não estava mais na moda, ou que ainda estava somente para os mais ou menos quinze convidados que enchiam a sala. Dava para perceber que eram muito amigos entre eles, porque mudavam de par no meio das músicas que cantavam em coro, com entusiasmo, mesmo não sabendo nada de inglês.

Ele estava se sentindo um peixe fora d'água, mas Yasna olhava para ele a cada dois minutos, a cada cinco minutos, e o ritmo desses olhares competia com a letargia da erva. Depois de tomar a seco dois copos altos de Kem piña, sentou-se em frente à mesa de jantar, enquanto começava a tocar Duran Duran, também a fita inteira: *no-no-notorious*. Dançavam de um jeito estranho, como se fosse uma polca, ou uma dança daqueles antigos salões de baile. Para ele tudo parecia muito ridículo, mas não teria se negado a participar, dançaria bem, pensou de repente, com um leve e inexplicável ressentimento, e depois se concentrou nas batatas fritas, no salgadinho, no queijo cortado em cubos desiguais, nas nozes, nas dezenas de bolinhas crocantes e multicoloridas que lhe pareceram, sabe-se lá por que, interessantes.

Não lembra bem os detalhes, a não ser a repentina chegada da fome, o vazio da fome: a larica. Teve de se esforçar para comer numa velocidade normal, mas quando Yasna chegou com os nachos e um pote enorme de guacamole, perdeu o controle. Nachos com guacamole eram novidade no Chile, ele nunca tinha provado, nem sabia que se chamavam assim, mas depois de prová-los não conseguia parar, mesmo sabendo que olhavam para ele, era como se as pessoas se revezassem para olhar para ele. Em seus dedos havia restos de abacate e de tomate e a gordura dos nachos, sua boca doía, sentia pedaços de comida nos molares e tentava com afinco recuperá-los com a língua. Comeu quase sozinho o pote inteiro, foi um escândalo. E queria continuar comendo.

Nisso abriram a porta da cozinha e ele foi ofuscado por uma luz branca. Surgiu um homem gordo, porém forte e robusto, com uma linha bem demarcada na cabeça que dividia o cabelo penteado com gel em duas metades idênticas. Era o pai de Yasna, e havia a seu lado alguém mais jovem, boa-pinta, diriam, a não ser por uma marca de lábio leporino, embora talvez essa imperfeição o deixasse mais atraente. Aqui termina, talvez, a parte inocente da história: quando o pegam pelo braço, apertando forte, e ele tenta continuar comendo, desesperado, e a seguir, após uma longa e confusa série de olhares severos e frases entrecortadas, de esbarrões e empurrões, quando sente um chute na coxa direita seguido por dezenas de chutes na bunda, nos tornozelos, nas costas: está no chão, tentando aguentar a dor, e ao fundo ouve o choro de Yasna e uns gritos ininteligíveis: quer se defender, mas só consegue proteger a virilha. Quem bate nele é o outro homem, a quem depois Yasna chamará de *o ajudante*. O pai da menina também presencia a cena e ri, como as pessoas más riem nos filmes ruins e às vezes também na vida real.

Embora nada disso, em essência, interesse para seu conto, ele tenta se lembrar se naquela noite fazia frio (não), se havia lua (minguante), se era sexta ou sábado (era sábado), se alguém tentou, no meio da confusão, defendê-lo (não). São sete e meia, o inverno já está em sua plenitude, de modo que veste a roupa por cima do pijama, e, ao dirigir até o posto de gasolina para comprar querosene, pensa com segurança, com otimismo, que tem a manhã inteira para trabalhar em suas notas e que à tarde escreverá ininterruptamente por quatro ou cinco horas, e sobrará tempo inclusive para ir conhecer, de noite, com algum amigo, o restaurante peruano que inaugurou no bairro. Acaba de encher os galões, agora está na loja de conveniência tomando café, mastigando um sanduíche de presunto e queijo e folheando o jornal que vinha junto na promoção do café com sanduíche. O que querem é apenas uma sangrenta história latino-americana, pensa, e anota nas bordas das notícias uma série de decisões que surgem harmoniosamente, naturalmente, como a promessa de uma jornada de trabalho tranquila: o pai vai se chamar Feliciano e ela, Joana, o ajudante e Danilo não servem para ele, a maconha também não, talvez uma droga pesada, e embora não lhe pareça uma boa, por ser um lugar-comum, transformar Feliciano em um traficante de drogas, pensa que é necessário, sim, baixar os protagonistas de classe, porque a classe média – pensa isso sem ironia – é um problema quando se quer escrever literatura latino-americana. Precisa de um lugar em Santiago onde não seja raro ver adolescentes fumando crack ou cheirando cola nas praças.

Tampouco lhe serve o fato de Feliciano ser professor de educação física. Prefere imaginá-lo desempregado, humilhado, dispensado, no começo dos anos oitenta, ou depois, sobrevivendo nos programas da ditadura, varrendo invariavelmente um mesmo trecho de calçada, ou até se tornando um dedo-duro que denuncia os movimentos suspeitos na vizinhança, ou talvez esfaqueando alguém no chão. Ou como um soldado de guarda que chega tarde em casa, gritando para pedir comida à mulher, não hesitando em ameaçar a filha com o mesmo cassetete com que reprimiu manifestantes de dia.

Fica com algumas dúvidas a essa altura, mas nada grave, nada é tão grave, pensa: trata-se de um conto de dez páginas, quinze no máximo, não tem tempo para se demorar em enfadonhas composições de cenário, e duas ou três frases sonoras, alguns adjetivos bem colocados resolvem qualquer coisa. Estaciona, tira os galões da mala e em seguida, enquanto enche o tanque do aquecedor, imagina Joana cobrindo a casa inteira com querosene, seu pai lá dentro – pensa que seria espetaculoso demais, prefere uma pistola, talvez porque lembra que havia uma arma na casa de Yasna, que quando ela disse que mataria o pai mencionou que em sua casa havia uma arma.

Havia uma arma, é claro, mas era um rifle de chumbinho, que jazia há muitos anos no armário, como testemunho de um tempo em que o homem ia ao campo com seus amigos caçar perdizes e coelhos. Yasna viu o pai dispará-lo apenas uma vez, quando tinha sete anos, num domingo de primavera, ao voltar da igreja. Estava no pátio, tomando uma cerveja e apontando, com o pulso firme, para umas pipas no céu. Atirou quatro vezes na branca: as pipas começavam a oscilar e caíam lentamente no chão, sem que os donos entendessem o que estava acontecendo. Yasna pensou nos pais e filhos das outras vilas, desconcertados, mas não disse nada. Depois perguntou a ele se dava para matar alguém com aquele rifle, e ele respondeu que não, que só servia para caçar, "mas se você apontar bem perto da cabeça da pessoa", seu pai logo retificou, "dá para fazer um estrago e deixar ela meio tantã".

Depois da festa, o escritor – que naquela época sequer sonhava em ser escritor, sonhava com muitas coisas, quase todas melhores que se tornar escritor – ficou muito assustado e não fez nenhum esforço para ver Yasna de novo, inclusive evitava o caminho que levava à casa dela, todas as ruas que conduzissem àquela casa, e também não foi à igreja, pois sabia que ela ia à igreja, o que em todo caso não demandava esforço algum, porque então já havia deixado de acreditar em Deus. Passaram-se seis anos até voltarem a se encontrar, por acaso, no centro da cidade. Yasna estava com o cabelo mais liso e comprido, trajava o uniforme de duas peças de seu trabalho, enquanto ele, como se quisesse exemplificar a moda da época, ou a parte da moda que correspondia a um estudante de letras, estava com uma camisa xadrez, o cabelo bagunçado, e calçava botas. Já era um escritor, para sermos justos: já havia escrito alguns contos, e um escritor é alguém que escreve, bem ou mal mas escreve, pouco ou muito mas escreve, assim como um assassino é alguém que mata, uma ou várias pessoas, um desconhecido ou o próprio pai, mas mata. E não é justo dizer que ela não era nada, que não era ninguém, porque era caixa de um banco, não gostava do trabalho mas também não pensava – nem pensa hoje – que pudesse existir algum trabalho do qual gostasse.

Enquanto tomavam nescafé numa lanchonete, falaram sobre a surra e ela tentou explicar o que tinha acontecido, mas dizia que também não se lembrava muito bem. Depois falou melhor sobre a infância, em especial sobre a morte da mãe, numa colisão, quase não a conhecera, e mencionou também o ajudante, foi dessa maneira que o pai o apresentou a ela, os dois envernizando umas cadeiras de vime no pátio, embora dias ou talvez semanas mais tarde tenha lhe esclarecido, como se não fosse algo importante, que na verdade o ajudante era filho de um amigo que havia morrido, que não tinha para onde ir, e por isso moraria com eles por um tempo. Na época o ajudante tinha vinte e quatro anos, dormia quase a manhã toda, não trabalhava nem estudava, mas às vezes ficava com a menina, sobretudo às terças, quando o pai de Yasna chegava à meia-noite depois de treinar com o time de basquete, e aos sábados, quando o homem tinha partidas e depois ia com os jogadores tomar uma cerveja. O escritor não entendia por que ela estava contando tudo isso, como se não soubesse – e talvez não o soubesse mesmo, embora naquele tempo já quisesse ser escritor, e um escritor deveria sabê-lo – que é desse jeito que as pessoas se conhecem, contando coisas que não se contam, despejando palavras alegremente, irresponsavelmente, até chegar a territórios perigosos, a lugares em que as palavras precisam do verniz do silêncio.

Embora a conversa não tivesse terminado, ele perguntou o telefone dela, e se poderiam voltar a se ver, porque tinha que ir para uma festa. Yasna encolheu os ombros, talvez esperando que ele a convidasse para a festa, mesmo sabendo que de qualquer modo não poderia ir, mas ele não a convidou, e ela não quis mais dar seu telefone, proibiu-o de aparecer em sua casa, ainda que o ajudante não morasse mais lá. Então como vamos voltar a nos ver?, ele disse de novo, e ela, de novo, encolheu os ombros.

Mas havia mencionado o nome do banco em que trabalhava, e que tinha apenas três agências, de modo que ele conseguiu encontrá-la uma semana depois, e começaram a estabelecer uma rotina de almoços, quase sempre num estabelecimento de frangos empanados na Calle Bandera, ou num boteco na Teatinos, ou também, quando um dos dois estava com mais grana, no El Naturista. Ele continuava querendo algo a mais, mas ela se esquivava, falando de um namorado tão generoso e compreensivo que qualquer um teria achado que era inventado. Às vezes, por longos minutos, ele ficava olhando ela falar, mas não a escutava, olhava sobretudo para a boca dela, os dentes perfeitos exceto pelas manchas que o cigarro deixava em seus incisivos. Olhava-a falando, sem nada escutar, até que ela subia ou baixava o tom, ou soltava uma informação inesperada, como aconteceu quando disse uma frase que, mesmo ele não tendo a menor ideia do que ela estava dizendo, respondeu imediatamente, embora ela não a tivesse dito em tom de confissão: pelo contrário, disse a frase sem nenhum drama, como se fosse uma piada, como se fosse possível que uma frase como aquela fosse uma piada. "Eu não fui feliz na infância", foi a frase que disse, e ele não entendeu o que deveria ter entendido, o que qualquer um hoje em dia entenderia, mas ouvi-la dizer aquilo mexeu com ele, ou ao menos o despertou.

Teria ela realmente usado essa palavra tão formal, tão literária – "infância"? Talvez tenha dito "quando pequena", "quando criança". Seja como for, anos atrás, dez ou quinze, trinta anos atrás certamente, ele precisaria ter contado a história inteira, cultivando certo sentido de mistério, esmerando-se nos efeitos dramáticos, buscando uma emoção gradual, arrebatadora. Os bons escritores e também os escritores ruins sabiam fazer isso, e não o achavam algo imoral, inclusive desfrutavam disso, na medida em que dar forma a uma história sempre proporciona algum tipo de prazer. Para que serviria agora aquele mistério, que tipo de prazer se poderia obter quando a frase que dizia tudo já desapareceu?, porque há frases que conquistaram sua liberdade: aprendemos a ouvir, a ler, a escrever. Quinze, trinta anos atrás, os bons escritores, e também os ruins, confiavam em uma frase desse tipo para impulsionar um mistério que só revelariam perto do final, a cena do pai dormindo e o ajudante no quarto tocando os mamilos de uma menina de dez anos, que fica surpresa, mas, como se fosse um exercício de simetria ou um jogo de imitação, mete a mão por debaixo da camiseta do ajudante e, completamente inocente, toca no dele de volta.

E a outra cena, dois dias depois, quando o pai estava no basquete e o ajudante a chama, fecha a porta, tira-lhe a roupa, e a menina não resiste, fica trancada ali, procura entre as roupas dele que ainda estavam nas malas, como se o ajudante, que morava ali há meses, tivesse acabado de chegar, ou como se estivesse prestes a ir embora – a menina experimenta uns casacos esportivos e uns jeans enormes, e morre de vontade de se olhar no espelho, mas no quarto do ajudante não há espelho, de modo que acende uma pequena televisão em preto e branco que há na cômoda, está passando novela, que não é a que ela assiste, e o botão de sintonizar está virado, mas mesmo assim fica envolvida, e está nisso quando ouve vozes na sala – o ajudante entra com dois sujeitos e tira a roupa dela, ameaça-a com a garrafa de Escudo que segura na mão esquerda, ela chora e os três riem, bêbados, jogados no chão. Um deles diz "mas ela ainda não tem peito nem pentelhos, seu idiota", e o outro responde "mas tem dois buracos".

Contudo, o ajudante não deixou que eles a tocassem. "É só minha", disse, e os mandou embora. Depois colocou uma música grotesca, algo de Pachuco ou semelhante, e mandou ela dançar. A menina chorava, sentada no chão, como se estivesse fazendo birra. "Me perdoa", ele a consolou mais tarde, enquanto percorria as costas nuas da menina, sua bunda ainda sem forma, suas pernas que eram dois palitos brancos. Metia os dedos nela e parava, acariciava-a e a insultava com palavras que ela nunca tinha ouvido. Depois começou, com uma eficácia brutal e pedagógica, a explicar a maneira correta de chupá-lo, e ao sentir um movimento perigoso e involuntário advertiu-a de que, caso o mordesse, ele a mataria. "Na próxima vez você vai ter que engolir", disse depois, com uma voz aguda que alguns homens chilenos têm, tentando parecer misericordioso.

Nunca ejaculou dentro dela, preferia gozar em seu rosto, e depois, quando o corpo de Yasna começou a tomar forma, fazia isso em seus peitos, em sua bunda. Não ficava claro se ele apreciava aquelas mudanças, e em todo caso, durante os cinco anos em que a violou, várias vezes perdeu o interesse, ou a vontade. Yasna agradecia pelas tréguas, mas seus sentimentos eram ambíguos, desordenados, talvez por, de algum modo, pensar que pertencia ao ajudante, o qual nem se dava mais ao trabalho de fazê-la prometer que não contaria nada a ninguém. O pai chegava do trabalho, preparava um chá, dava um oi para a filha e para o ajudante, depois perguntava se precisavam de alguma coisa, dava mil pesos para ele e quinhentos para ela, e se trancava por horas vendo novelas, noticiários, o horário nobre, de novo o noticiário, e a série *Cheers*, no fim da programação, que ele adorava, e às vezes escutava ruídos, e quando os ruídos ficaram altos demais arrumou uns fones de ouvido e os conectou à tevê.

Foi justamente o ajudante que incentivou Yasna a organizar sua festa de quinze anos ("você merece, você é uma menina legal e normal", disse). Na época andava desinteressado há alguns meses, tocava-a apenas ocasionalmente. Aquela noite, no entanto, depois da surra no escritor, quando estava quase amanhecendo, bêbado e mordido de ciúmes, disse, num inequívoco tom de ordem, que dali em diante os dois dormiriam no mesmo quarto, que agora agiriam como marido e mulher, e só então o pai, que também estava completamente bêbado, disse a ele que aquilo não era possível, que ele não podia continuar enrabando a irmã – o ajudante se defendeu dizendo que eram apenas meios-irmãos, e foi assim que ela soube do parentesco. Totalmente descontrolado, com ódio nos olhos, o ajudante começou a bater no pai de Yasna, que, como sempre soubera, era também seu próprio pai, e deu ainda um soco no lado esquerdo da cabeça de Yasna antes de ir embora.

Disse que estava indo embora para sempre, e no fim das contas cumpriu sua palavra, mas durante os meses seguintes ela continuava temendo que ele voltasse, e às vezes também queria que ele voltasse. Uma noite sentiu medo e dormiu vestida, ao lado de seu pai. Duas noites. Na terceira dormiram abraçados, e também na quarta, e na quinta noite. Na noite de número seis, de madrugada, ainda adormecida, sentiu o polegar do pai tateando sua bunda. Talvez tenha vertido uma lágrima quando recebeu a investida do pênis gordo do pai, mas não desatou a chorar, porque não chorava mais, do mesmo modo que não mais sorria quando queria sorrir: o que seria um sorriso, o que fazia quando sentia vontade de sorrir, era outra coisa, executada de outro jeito, com outra parte do corpo, ou apenas mentalmente, em sua imaginação. O sexo voltou a ser o que para ela sempre havia sido: algo mecânico e árduo, grosseiro, mas sobretudo mecânico.

O escritor almoça apenas um creme de aspargos e meia taça de vinho. Joga-se no sofá próximo ao aquecedor, cobrindo-se com uma manta. Dorme só por dez minutos, que entretanto são suficientes para um sonho cheio de acontecimentos, com mil possibilidades e impossibilidades, e que esquece imediatamente ao acordar, embora retenha a seguinte cena: está dirigindo pela estrada de sempre, em direção a San Antonio, num carro que tem o volante à direita, e tudo parece sob controle, mas, ao se aproximar do pedágio, é invadido por uma angústia urgente de explicar sua situação à cobradora. "Vou sair do carro rapidinho", pensa no sonho, "vou explicar para ela", e ao mesmo tempo teme que a mulher morra de susto ao se deparar com o assento vazio onde devia estar o motorista. O volume desse pensamento aumenta até ficar estridente: ao ver aquele carro sem motorista, a cobradora – uma em especial, uma da qual sempre se lembra, pela forma como amarra o cabelo, e pelo nariz estranho, comprido e torto, embora não seja necessariamente feia – morreria de susto. Decide parar o carro alguns metros antes e descer dele levantando os braços, fazendo o gesto de quem quer mostrar que não está armado, mas a cena não chega a se consumar de fato porque, embora a guarita esteja perto, o carro demora infinitamente para chegar até ela.

Anota o sonho, mas o distorce, arredonda-o, sempre faz isso: não consegue evitar embelezar seus sonhos ao transcrevê-los, não consegue deixar de adorná-los com cenas falsas, mais verossímeis ou totalmente fantasiosas que insinuam saídas, conclusões, reviravoltas inesperadas. Em seu relato a cobradora é Yasna e é até verdade que de um modo indireto, obscuro, elas se parecem. Logo entende o próprio feito, o deslocamento: em vez de trabalhar num banco, Joana será cobradora de um pedágio, que é um dos piores trabalhos existentes. Imagina-a esticando o braço, tentando pegar todas as moedas, amando e odiando os motoristas, ou completamente indiferente. Imagina o cheiro das moedas em suas mãos. Imagina-a sem sapatos e com as pernas abertas, que são as únicas licenças a que se pode dar naquela cápsula, e depois a bordo de um ônibus intermunicipal, de volta para casa, cochilando encostada na janela, e a seguir planejando o assassinato, na verdade convencida então de que, além do mais, como dizem na missa, aquilo é justo e necessário. Depois de cometer o crime parte para o sul, dorme num albergue em Puerto Montt, e chega a Dalcahue ou a Quemchi, onde espera encontrar um trabalho e se esquecer de tudo, mas comete alguns erros absurdos, desesperada.

Na última vez que viu Yasna estiveram a ponto de dormir juntos. Até então se encontravam apenas nos almoços no centro; quando ele a convidava para um cinema ou para dançar, ela se desfazia em desculpas vagas acerca daquele noivo ou namorado perfeito que inventara. Mas num dia qualquer ela ligou para ele, foi até a casa do escritor, viram um filme e depois pensaram em ir até a praça, mas no meio do caminho ela mudou de ideia, e acabaram indo para o apartamento de Danilo, fumar maconha e beber borgonha. Estavam os três na sala, chapadíssimos, jogados no chão, inescrupulosos e felizes, quando Danilo tentou beijá-la e ela carinhosamente negou. Meia hora, talvez uma hora depois, disse aos dois que em outro mundo, num mundo perfeito, ela dormiria com os dois, e com qualquer um, mas que neste mundo de merda ela não podia dormir com nenhum. Em suas palavras havia um peso e uma eloquência que deveria tê-los fascinado, e talvez de fato estivessem fascinados, mas também estavam ausentes, perdidos.

Depois de um tempo Danilo deu uma risada ou um espirro. Se você quiser um mundo perfeito, fuma outro, disse, e foi para seu quarto ver tevê. Eles continuaram na sala e embora não houvesse música Yasna começou a dançar e, sem muitos preâmbulos, tirou o vestido e o sutiã. Ele a beijou e tocou seus peitos, acariciou sua virilha, tirou sua calcinha e lambeu lentamente seus pelos pubianos, que não eram pretos como seu cabelo, e sim castanhos. Mas ela se vestiu de novo subitamente e se desculpou, disse a ele que não conseguia, que a perdoasse, mas que não era possível. Por quê?, perguntou ele, e em sua pergunta havia desconcerto e também amor – ele não se lembra, seria incapaz de se lembrar, mas havia amor. Porque somos amigos, disse ela. Não somos tão amigos assim, respondeu ele, com muita seriedade, e repetiu isso muitas vezes. Yasna soltou uma risada de quem está chapada, uma gargalhada verdadeira e deliciosa que foi se apagando aos poucos, que durou dez minutos, quinze minutos, até que conseguiu encontrar, com dificuldade, o caminho para um tom sério e ressoante que correspondia ao que diria a seguir, que aquilo era uma despedida, que não podiam mais se ver. Ele sabia que não faria sentido perguntar nada. Ficaram abraçados num canto. Ele pegou a mão direita de Yasna e foi roendo as unhas dela com calma. Ele não lembra, mas enquanto a olhava e mordia-lhe as unhas pensava que não a conhecia, que nunca a conheceria.

Antes de irem embora se sentaram um pouco em frente à tevê com Danilo, para ver uma partida de tênis. Ela tomou quatro xícaras de chá, numa velocidade impressionante, e comeu dois pães franceses. Onde está a sua mãe?, perguntou de repente para Danilo. Na casa de uma tia, respondeu. E onde está o seu pai? Não tenho pai, respondeu. E então ela disse: sorte a sua. Eu tenho, mas vou matar ele. Na minha casa tem um rifle e eu vou matar meu pai, disse. E vou pra cadeia e vou ser feliz.

Já são três da tarde, não tem mais muito tempo. Liga o computador com urgência, irrita-se com os segundos que o sistema e o processador de texto demoram para inicializar. Escreve rápido, em coisa de minutos, as cinco primeiras páginas, desde o momento em que o detetive chega ao lugar dos acontecimentos e descobre que já esteve ali, que é a casa de Joana, até o momento em que vai ao sótão e encontra caixas antigas com roupas do tempo em que foram namorados, porque na ficção eles namoraram de fato, mas não durante muito tempo, e às escondidas. Também encontra o globo terrestre que deu a ela de presente, mas sem o suporte que o sustentava, além de uma mochila que pensa reconhecer no meio da bagunça de varas e carretéis de pesca, baldes e pás de praia, sacos de dormir, halteres enferrujados. Continua procurando e procurando novamente, como costuma acontecer nos livros, nos filmes e às vezes também na vida real, encontra uma evidência que não é conclusiva para os demais, mas sim para ele: uma caixa cheia de desenhos, centenas de desenhos, que eram todos retratos do pai, organizados por data ou por sequência, cada um mais fidedigno que o anterior, no começo feitos a lápis, e depois, a maioria, com a tinta verde de uma caneta bic de ponta fina. Ao ver os contornos tão marcados, desenhados por cima tantas vezes que com frequência perfuravam o papel, e ao reparar em como ela exagerou os traços do pai, que contudo não chegavam a ser caricatos, que nunca perdiam a aura do realismo, ao olhar novamente os desenhos o detetive descobriu o que deveria ter sabido muito antes, o que não soube ler, o que não soube dizer, o que não soube fazer.

Trabalha em velocidade de cruzeiro nas cenas intermediárias e se esmera nas duas últimas páginas, quando o detetive encontra Joana num albergue de Dalcahue e promete que irá protegê-la. Ela relata, com detalhes abundantes, o crime, que postergara tantas vezes na vida, e quando chora parece mais tranquila. Talvez fiquem juntos, finalmente, depois de tudo, mas não se sabe com certeza. O final é justo, delicado, elegantemente ambíguo, embora não seja claro o que o escritor entende por ambiguidade, por delicadeza, por elegância.

Não é um grande conto, mas o envia sem mais delongas, e consegue até tomar um pisco sour e comer uns aipins à *huancaína* antes de seus amigos chegarem ao restaurante.

Não é um grande conto, não. Mas Yasna gostaria.

Yasna gostaria do conto, embora não leia, não goste de ler. Se fosse um filme, assistiria até o final. E se o alugasse de novo e não se lembrasse de tudo, ou inclusive se lembrasse bem, voltaria a vê-lo. Mas não costuma ver filmes, e também não costuma se lembrar do escritor, nem sequer sabe que ele é escritor. Lembrou dele, isso sim, há alguns meses, caminhando pelo bairro em que ele morava.

Quando desenganaram seu pai, recomendaram que ela lhe desse maconha para amenizar as dores, e pensou nas plantas de Danilo, por isso a caminhada, que parecia errática mas não era:

ela adorava se dar ao luxo de dar voltas sem sentido, em torno de algo, ou inclusive chegar ao fim da rua e dar meia-volta, como se procurasse um endereço, mas lembrava perfeitamente onde Danilo morava, só queria se dar a esse luxo, que era um luxo moderado, aquela tarde, pois tinha tempo: seu pai estava dormindo, mais calmo, com menos dores que na semana anterior, ela podia sair e dar uma volta, podia se demorar.

Espero que você não tenha matado seu pai, disse Danilo, quando finalmente a reconheceu, e como ela não lembrava o que havia dito aquela noite há quase vinte anos, olhou para ele apreensiva e desconcertada. Depois se lembrou do plano, do rifle de chumbinho, e daquela tarde maluca. Sentiu uma alegria incômoda ao lembrar desses detalhes perdidos, enquanto Danilo falava e fazia piada. Gostou daquela casa, do ambiente, da camaradagem. Ficou para lanchar com Danilo, sua mulher e seu filho, um menino moreno e cabeludo que falava como um adulto. A mulher, depois de observar Yasna intensamente, perguntou como ela fazia para se manter tão magra. Sempre fui magra, respondeu. Eu também, disse o menino. Yasna comprou bastante maconha e Danilo também lhe deu de presente algumas sementes.

Ainda falta um tempo para a planta florescer, e agora ela a rega e a observa enquanto escuta as notícias no rádio. Seu pai não a viola mais, nem poderia. Ela não o perdoou, chegou a um ponto em que não acredita no perdão, nem no amor, nem na felicidade, mas talvez acredite na morte, ou ao menos a espera. Enquanto muda os móveis de lugar na sala, pensa no que será de sua vida quando ele morrer: é um sentimento abstrato de liberdade, talvez abstrato demais, e por isso mesmo cansativo. Pensa numa dor ambígua, num desastre tranquilo, silencioso.

Ouve da cozinha as lamúrias do pai, sua voz degradada, corrompida pela doença. Às vezes grita com ela, dá bronca, mas ela não liga. Outras vezes, em especial quando está chapado, solta risadas afogadas, diz frases desconexas. Yasna pensa na vontade de viver, em seu pai se agarrando com unhas e dentes à vida, quem saberá para quê. Leva outro biscoito de maconha para ele, liga a tevê, coloca os fones de ouvido nele. Fica por um tempo a seu lado, folheando uma revista. "Eu não acreditava em Deus, mas só com a ajuda dele consegui superar a dor", diz um ator famoso sobre a morte de sua esposa. "É simples: muita água", diz uma modelo, em outra página. "Não deixe que as zombarias te afetem." "É a segunda novela que faz, só neste ano." "Existem muitos jeitos de viver a vida." "Não sabia no que estava me metendo." "Talvez você precise fazer um grande esforço para realizar seus afazeres pendentes."

Escuta o caminhão do lixo, os gritos dos garis, os latidos do cachorro, o rumor de risadas gravadas que vem dos fones, ouve a respiração do pai e sua própria respiração, e nenhum desses ruídos consegue modificar a sensação que tem de silêncio – não de paz: de silêncio. Depois vai até a sala, enrola um baseado e fuma na escuridão.

ALEJANDRO ZAMBRA nasceu em Santiago, no Chile, em 1975. Além deste *Meus documentos* (2013), a Cosac Naify também publicou os romances: *Bonsai*, *A vida privada das árvores* e *Formas de voltar para casa*, obras que lhe renderam, em seu país, o Premio de la Crítica (2007), o Premio Altazor (2012) e o Premio del Consejo Nacional del libro (2007 e 2012). Zambra escreveu também dois volumes de poesia, *Bahía inútil* (1998) e *Mudanza* (2003), além da coletânea de ensaios *No leer* (2010) e do inclassificável *Facsímil* (2014). Eleito pela revista britânica *Granta* como um dos 22 melhores jovens escritores hispano-americanos, Zambra é também crítico e professor de literatura.

Originalmente publicado em espanhol
por Editorial Anagrama S. A.

Coordenação editorial LIVIA DEORSOLA
Preparação FÁBIO BONILLO
Projeto gráfico FLÁVIA CASTANHEIRA
Revisão CECÍLIA FLORESTA, LUCIANA ARAUJO
Produção gráfica MARIANA TAVARES GERALDO

*Nesta edição, respeitou-se o novo
Acordo Ortográfico da Língua Portuguesa.*

Dados Internacionais de Catalogação na Publicacão (CIP)

Zambra, Alejandro [1975-]
Meus documentos: Alejandro Zambra
Título original: *Mis documentos*
Tradução: Miguel Del Castillo
São Paulo: Cosac Naify, 2015
224 pp.

ISBN 978-85-405-0928-3

1. Ficção chilena 2. Literatura latino-americana
I. Título

CDD 863.83

Índices para catálogo sistemático:
I. Ficção chilena: 863.83

COSAC NAIFY
rua General Jardim, 770, 2º andar
01223-010 São Paulo SP
cosacnaify.com.br [11] 3218 1444
atendimento ao professor [11] 3218 1473
professor@cosacnaify.com.br

Embajada de Chile en Brasil
Ministerio de Relaciones Exteriores
Gobierno de Chile

Dirección de Asuntos Culturales
Ministerio de Relaciones Exteriores
Gobierno de Chile

*Programa de apoyo al libro y a sus autores.
Ministerio de Relaciones Exteriores de Chile,
Dirección de Asuntos Culturales (DIRAC).*

FONTE Arnhem
PAPEL Pólen Soft 80 g/m²
IMPRESSÃO Loyola

FSC
www.fsc.org
MISTO
Papel produzido a partir de fontes responsáveis
FSC® C008008

A marca FSC® é a garantia de que a madeira utilizada na fabricação do papel deste livro provém de florestas que foram gerenciadas de maneira ambientalmente correta, socialmente justa e economicamente viável, além de outras fontes de origem controlada.